静能量

25堂感动欧洲的
宁静体验课

SÉRÉNITÉ:
25 Histoires d'équilibre intérieur

【法】克里斯多夫·安德烈(Christophe André)◎著

黄晓楚◎译

CS
PUBLISHING & MEDIA
中南出版传媒

湖南文艺出版社
HUNAN LITERATURE AND ART PUBLISHING HOUSE

博集天卷
CS·BOOKY

图书在版编目（CIP）数据

静能量 / (法) 安德烈 (André,C.) 著;黄晓楚译 -- 长沙：湖南文艺出版社, 2013.11
ISBN 978-7-5404-5855-3

Ⅰ.①静… Ⅱ.①安… ②黄… Ⅲ.①心理学—研究Ⅳ.①B84

中国版本图书馆CIP数据核字(2013)第233751号

SÉRÉNITÉ: 25 Histoires d'équilibre intérieur
Copyright © ODILE JACOB, 2012
This Simplified Chinese edition is published by arrangement with Editions Odile Jacob, Paris, France, through Dakai Agency.

著作权合同登记号：图字18-2013-273

上架建议：心灵成长·励志

静能量

著　　者：[法]克里斯多夫·安德烈(Christophe André)
插　　画：[日]Toshio Ebine
出 版 人：刘清华
责任编辑：薛　健　刘诗哲
监　　制：刘　丹
策划编辑：陈春艳　张小雨
版权支持：文赛峰
封面设计：嫁衣工舍
版式设计：李　洁
出版发行：湖南文艺出版社
　　　　　（长沙市雨花区东二环一段508号　邮编：410014）
网　　址：www.hnwy.net
印　　刷：北京尚唐印刷包装有限公司
经　　销：新华书店
开　　本：880mm×1270mm　1/32
字　　数：104千字
印　　张：6.5
版　　次：2013年11月第1版
印　　次：2013年11月第1次印刷
书　　号：978-7-5404-5855-3
定　　价：30.00元

（若有质量问题，请致电质量监督电话：010-84409925）

篇四

再不"疯狂"，我们就老了

智慧

静能量

静下来，一切都可以重来

嗡嗡嗡……

　　一切都从一只苍蝇的嗡嗡声开始。通常这很令人恼火，但这时候，反而令人感觉安宁。生活就是这样，就像飘过天空的一小朵白云，就像久无人迹的厨房桌上的面包屑。在这个夏日假期的午后，有些人在小憩，另一些人则外出散步。而你，就在那儿啃着书本，不做其他的事情。你刚去过厨房，环顾四周时，只听见寂静的声音，一种家中无人的寂静：挂钟的嘀嗒声，老旧冰箱的隆隆声，当然还有苍蝇的嗡嗡声。

嗡嗡声持续了几秒钟，然后消失了：小虫飞走了。在苍蝇飞过的轨迹里，寂静似乎更浓了。真是奇怪的感觉。这份原因不明的甜蜜心情，这份一切事物都各归其位的感觉，这份你什么都不再需要的心境，该怎么称呼它呢？难道是宁静吗？

是的，这就叫宁静。这种境界无比美妙惬意。它与幸福有点不同，它没有满足感或成就感；它与愉快也不相同，没有兴奋，没有要动、要唱、要与别人拥抱的冲动。宁静只是你对自己与世界间的一种和谐的感知。它既来自内心，又来自外界；它既与肉体有关，又与灵魂相连。这种感觉就像费尔南多·佩索阿[①]（Fernando Pessoa）在《惶然录》中描写的那样："一种深沉的宁静，如同没有丝毫用处的东西一样柔软，逐渐下沉，直至我的内心深处。"

渴望让自己停下来慢慢品味生活，以一种从容的、无言的、确定的态度来消除你和世界间的边界：没有限制，只有联系，甜蜜的联系。无欲无求，无所畏惧。别无所求，因为所有的东西都在那儿了，已经在了。这就像恩赐降临过一般。

你感到这是一个特别的时刻。你又在这个状态中停留了一会儿。感受，体会，不去思考，不去分析，不去动，不做任何事，就只是呼吸和观察。没有特别的地方，一切都像平常一样。你也和平时的你一样。除非……有些无法解释的事情发生。这如同吸烟，吸进去的是永恒，虽然可能不会持续很久，但是你每秒钟都在回味。

嗡……看那儿，苍蝇又回来了。同时回来的还有人说话的声音。你得做些其他事情了。这让人心情愉快，但是很不相同。没那么纯洁飘逸，也没有天堂般的感觉。你又要回到熟悉的世界了（你也很喜欢这个熟悉的世界！）。克里斯提昂·博班②（Christian Bobin）曾写道："每一秒钟，我们都在进入天堂，或者在离开天堂。"就是这种感觉，非常准确：在几秒钟的时间内，你就要离开天堂。没有悲伤：尝过一回就已经非常美妙了。然后，你知道你还会回来的……

---

①费尔南多·佩索阿（1888—1935），著名的葡萄牙诗人、作家、评论家，用葡萄牙语（主要）、英语和法语创作。
②克里斯提昂·博班（1951—　），法国作家、诗人、伦理学家，擅长以简朴精准的文字叙述隽永的人生故事。

篇 一

静下来，
才能真正看见自己

我不住地凝望遥远的阴空，我的心和不宁的风一同彷徨悲叹。

——节选自泰戈尔《吉檀迦利》 冰心／译

当下的安宁

静下来，才能真正看见自己

>>>

　　某些时候，你的心灵会十分宁静：你不知不觉地感觉很棒。自己的一切都是那么清晰、平和。这种状态和兴高采烈不同，后者会让你想要又跳又叫，大喊"我很开心"。它与幸福洋溢的状态也不同，因为当人们幸福洋溢时，说明诸事顺利。感到宁静与感到幸福并不是完全一样的：前者更为平静，同时也更为和谐。这甚至有点奇怪，好像宁静的境界高于幸福：内心宁静时，你甚至不需要告诉自己生活是美好的。在那个时刻，生活就是美好的，你深深地体会到这一点，无须言语，它只是你的肉体和灵魂的一种整体状态。这种状态并不是每天都会发生，但是你可以对自己说：如果我经常感到宁静，那这事肯定会十分有趣……

宁静是一种当下的安宁，但同时也包含了对待过往时的平和心态和迎接未来时的信心满怀；而一股很强的连贯感，对事物的接纳感以及迎战一切的力量都从这里产生。正因如此，宁静胜于平静，好比幸福胜于安乐①。

宁静是内心的一切纷扰消失、精神安宁平和的状态。一片宁静晴朗的天空是纯洁和平静的。那么我们的精神能否也达到纯洁和平静的状态呢？我们的精神能否摒弃那些痛苦、消极的想法，让平和住进心间呢？这种事情有时会发生，比如我们身处良好的环境时。一个夏日清静的早晨，空气温润，太阳暖暖地照着我们，又不会把我们晒伤，仅有的声响便是大自然的声音。我们感到自己的呼吸均匀平稳，我们的内心十分平静，与自己的一呼一吸保持着相同的节奏。然后，我们就在这缓慢与柔和之中，产生了一种宁静、安详的感觉，这种宁静、安详把一切正在发生的事物、声响、颜色，连同我们自身的呼吸、心脏的跳动和思想都同步了：宁静的心境就这样慢慢上升。我们清楚地知道它不会持续很久，但这种感觉很美妙，很强大。

这些宁静的片刻赋予了我们生命的意义和深度。它们使我们的内心变得平静，让我们再生。在这些时刻里，我们为自己加满能量，让心静下来，为即将采取的行动做好准备。在困境中，我们回忆这些时刻，让自己镇定下来，调整心态，让困难没那么可怕，让自己仍满怀期望：一切都完了，是啊，但是一切都还会回来的。

不管怎样，我们是否能够学会更频繁地体验到这种宁静呢？

静下来，才能真正看见自己

chapter one

我的灵魂，呼吸从何而来？

跳动的心是如何存在的？

灵魂的小鸟，用你自己的语言去诉说

我会听得懂

——节选自鲁米《无足行走》 胡敏／译

思想的反刍

你以为你在思考，其实不是

　　此时此刻，你的思想已远在九霄云外、神游他乡了。但你的身体仍留在原地，只要你嘴角上扬微微一笑或者稍稍摇摇头，其他人会以为你的心同身体一样也还待在原地。错，你的心已经在其他地方了：在你的沉思中，在你的遐想里，尤其是在你思想的反刍中。你反复思考自己的那些烦恼、忧愁，还有那些盘踞在你脑海中的鸡毛蒜皮的小事。于是你的小汽车便信马由缰地开往你常去的地方，你甚至没有意识到自己正在开车。又于是，你回家后顺手把钥匙和其他东西放下了，但随后你又想不起把它们放哪儿了—— 一般情况下是因为你当时走神了。你正在给儿子读故事，但你的思想又飘到别处了，被那些等着自己去做的事情吸走了，就像行尸走肉一样。你到底什么时候才能回过神来？

反刍事情就是以不断重复的、循环的和毫无实际意义的方式关注与自己面对的问题、场景和自身状态有关的原因、意义和结果的行为。在英语中也有一个相应的说法，叫"brooding"[②]。事实上，当我们反刍事情的时候，那些问题就仿佛是一口热锅，而我们毫无生气地坐在上面，通过不断地反刍使热锅保持它的温度，甚至使其不断升温……

我们往往很难意识到自己正在反刍事情，因为我们还以为自己是在思考。反刍并不等于思考，因为它不能给我们带来任何实际结果。有证据表明，我们在反刍的时候关注的是问题及其后果，而不是可能付诸实践的解决方法。错误的目标、错误的导向使我们浪费了大把的时间来反复思考，问题产生的原因和可能引起的后果，而不是努力寻找解决之道。反刍带来的是痛苦，而不是解决办法。

事实上，反刍是在不断延长使自己烦恼和痛苦的事情的持续时间，唉，真好像这些事情还不够烦似的。反刍会让这些事情不断膨胀，最后扩散到我们整个人生：包括过去（"正因为我当时没做该做的事情，使得这一切发生了"）和将来（"这件事将会导致这个或者那个结果"），结果我们本应该在现在做点什么来解决问题，却因此受到了影响。当我们反刍时，就像听一张布满划痕的老唱片，无休无止地重复着相同的一段音乐，而我们却无法把它从唱片机中拿出来，也不能关掉声音，更不能离开房间。

之所以进行这类消极的思考，是因为我们相信要解决一个难题，就必须长时间地思考它，而且我们思考得越多，就越可能找到好的解决办法。这种观点并不总是正确的，而且它还会带来另一个问题：在反刍事情的时候，我们往往会像得了强迫症似的对事件（好的或者坏的）进行评价，寻找事情的罪魁祸首（自己或者其他人），将问题视为错误或者过失（谁做得不好了）。这些探究通常是毫无用处并且十分危险的。

反刍常常与忧郁和无能为力等情感联系在一起。由于反刍事情是令人痛苦的，因此我们有时会试着让自己转移注意力，或者变得十分忙碌以便避开它，但是作为事件背景的消极心境却没有消失。因此，我们做什么都不正确：既没有生机与活力，也不去真正地思考问题。懂得选择我们需要思考的对象，并对其进行充分地思考，这才是英明之举。不过要做到这点并不容易，所以有时干脆去散散步、游个泳、骑个车，在花园里除除草或者干些修补家具的小零活也不失为明智之选。这么做总比继续反刍要好，因为后者只会让事情变得更糟。不仅如此，这么做还能给我们带来些许积极的情绪，也许还能让我们更接近解决办法。跑、动、写、说——行动能让我们停止反刍，回到真正的思考上来。啊，是的，我们的脑袋下面是身体呢，它也有发言权！

静下来，才能真正看见自己

chapter one

草场里的树和植物

在常人看来固定而静默

却似乎舞动起来

当高大的柏树出现时

整个花园都黯然失色

悬铃树在拍手鼓掌

——节选自鲁米《纯净的色彩》　胡敏／译

觉醒

上帝常常造访我们，
但大部分时候我们都不在家

>>>

　　9月的一天，一片梧桐树叶带着无法抗拒自然法则的优雅缓缓飘落，划出不规则的旋涡——往右飘了20厘米，突然转向并往左飘了10厘米，慢慢旋了半个圈，又加速转了个圈——虽然不规则，却很和谐美好。它死了。你停下脚步看着它下落。它从你的鼻子前飘过，掠过你的心，恰好落在你的手心，你自己都不知道手是何时张开的。你没有把树叶推开、扔掉，然后继续走路，而是停下步子，细细查看它，你的呼吸变得更重了。你能感受到自己是活着的，完完全全地活着，而此前的某刻里，你只是个机器人偶，一边走一边想着工作。为什么一片树叶就能如此温柔地让你从沉思中醒过来？为什么你被感动和震撼了？为什么会有这种和谐的一切各归其位的感觉？之后你的一位朋友对你说："这片死去的树叶象征着厄运——可能某个活着的人会死去，或者有人会生病、受到死亡的威胁，有可能就是你自己。"不，事实恰恰相反，落下的这片叶子反而给你的是一种万物皆永恒的感觉。

这些我们摆脱了条框束缚的时刻，这些我们或突然或缓缓地离开无意识和习惯动作的时刻，对我们而言都非常重要。它们就像是公路的出口，就像我们对自己的车说的话："我们要离开预定的道路了。"这便是觉醒③体验。可预见的或者是习惯性的事件往往会让我们昏昏欲睡，或者干脆睡着了。事实上，此时我们已离开了自己的身体，离开了自己的生活。而这些觉醒的时刻能把我们从令人安心和可预见的单调泥沼中拔离出来。

类似的体验每个人或多或少都有经历过。不过我们很可能对此不加注意。它必须要有点空间才能进入人心，被人们接受。如果我们把自己紧紧封闭住，用锁锁住，躲在物质财富的后面，躲在各种担忧、义务和行动的后面，那么这类体验就不会发生。更糟糕的是，我们完全沉浸在思想的反刍中，这样的话，觉醒更不可能发生。

　　一般来说，觉醒的要素有以下几个：思想处于"易于接受不同的想法、观点或情感"的状态中（产生这种状态的原因有很多，如疲劳、忧郁、宁静等）；平常生活中突然出现一个细节，并有让人感觉特别、难以言表的事情发生了，这件事情它既是难题也是解决方法，既是问题也是回答，甚至是某件超出这一切的事情。不过这件事情首先是不可利用的，因为它是明确的但不是明示的：觉醒并不会告诉我们具体要做什么事情，而是应该做点什么，或者完全相反，应该什么都不做。觉醒一开始时也是不可利用的，因为觉醒体验很难用语言来表述。如果是一句话让我们觉醒过来，那么我们会用很长的时间来从各个方面理解它。觉醒体验是直觉的闪光，不过有时会伴随着身体的震颤，身体也会加入到这个精神活动中：我们会感觉到轻松或是沉重，这与刚刚过去的时刻中自己的感受不同。我们几乎总能感受到时光流逝带来的变化：可被察觉的时间好似静止不动，就像精神的慢速运转一样。觉醒体验有点像诗人克里斯提昂·博班所说的"平静的精神震荡"这种状态。

　　当我们的生活此时此地正在发生的时候，请让我们开始培养这种易于接受不同的想法、观点或情感的能力，活在当下并全神贯注于自己的生活，而不是反刍过去或者未来，想着事情能够不这样多好。德国中世纪神秘主义者埃克哈特大师在他的《心灵的建议》一书中这样写道："上帝常常造访我们，但大部分时候我们都不在家。"

那么，我们完全可以留出三分钟时间，每天三分钟，来"觉察"一下我们在哪儿，并回答这个问题："有人在那儿吗？"

"是的，我们在那儿。活着，并临在④着。"

我们是有意识的……

静下来，才能真正看见自己

chapter one

早晨的时间过去了——沉黑的水不住地流逝。

波浪相互低语嬉笑闲玩着。

流荡的云片聚集在远野高地的天边。

它们留连着悠闲地看着你的脸微笑着。

灌满你的水瓶回家去吧。

——节选自泰戈尔《园丁集》 冰心／译

真正的幸福无须参照物

最好的生活是什么都不做，也觉得心安

>>>

你为自己感到开心：对自己下定决心要做的事，你已经坚持有三周了。现在，你每天早晨起得比以往早几分钟，以便自己能直直地、安静地站一会儿，面朝浴室敞开的窗户呼吸新鲜空气。透过窗户能够看见一棵种在院子里的大树，还有一方天空，时而蔚蓝，时而灰暗。每天晚上，当你上床睡觉的时候，你不像以前那样拿起一本书或者一份杂志（或者更糟：拖拖拉拉不愿离开电视机），而是花点时间回想今天的事情：今天发生了什么？你是如何度过这一天的，感受到了什么？

你养成了思考的习惯，睁着眼睛思考生活的习惯；你养成了反抗外界想要束缚住自己的活动、思想、愿望的企图的习惯；养成了摆脱——至少是时不时地摆脱这些链条束缚的习惯；养成了花上几秒钟思考你几小时前或几天前刚做的事情的习惯；养成了解放心灵、转移视线的习惯。这一切都是为了能够单纯地观察当下的时刻，而不是紧闭着灵魂的双眼盲目地度过这段时间。

如今你知道，如果你稍不注意，那些分心之物能让你远离自己到何种程度：购物、读书、看电视或听音乐，所有这些都会让你无法安静地、时不时地思考自己。现在，你能够坚持不在车里或厨房里放台收音机，坚持不在等候室里看杂志或是在公共交通工具里埋头看书。于是（也许不能马上做到），你开始花点时间"读一读"你自己。你试着有意识地活着……

不管是冥想还是每日面对生活的"有意识"态度，这些正念的修习都能带来众多好处。

例如，将"做"模式改为"是"模式。我们通常教患者去做的正念努力，恰恰是让他们将自己从"做"模式中慢慢脱离出来，然后过渡到"是"模式。运用正念来治疗患者的临床精神治疗医师将二者定义为"doing mode（to do）"（"做"模式）和"being mode（to be）"（"是"模式）。在"做"模式下，我们总是努力去缩短事物本身的样子（如对方不同意我说的话）和我们期待事物应有的样子（他必须同意我的观点）之间的距离。而在"是"模式下，我们一开始会去接受事物本来是如何的，然后认真观察它，如果可能，最好是带着亲善、宽厚的心态来观察（他不同意我的观点，好吧，我先听听他怎么说，弄明白他的观点，之后再考虑是否要去纠正他）。同样，当我们要改变自己的观点时，我们不会尝试一上来就要改变它，而是先改变自己与自己思想的关系；在"做"模式下，一旦脑海里出现了烦恼，痛苦的压力感就会立刻伴随着出现，因为在这种模式下，我们必须找到一个解决烦恼的方法。而在"是"模式下，我们首先会实事求是地看待这个烦恼：它实际上就是出现在大脑里的一种想法。我们告诉自己不要马上去解决它，而是从头到尾地认真倾听：它告诉我们什么了，它告诉我们这些是不是有原因的。同时感受这个烦恼对我们做了什么，在我们身上起到什么影响。然后平静地、理智地觉察它。总而言之，先让这个烦恼"泄点气"。我们需要"做"模式，因为没有它，我们什么都做不了。但我们也不能缺乏"是"模式，因为没有它，我们会变得很累，压力很大，很气馁，以至于我们开始不断问自己：在生活这个炼狱中，我们在做什么？

正念还能让我们学会什么都不做，但仍能状态良好。"真正的幸福就是无须参照他物、无目的的意识状态，在这一状态中意识享有巨大的'无'，而'无'填满了意识"，齐奥朗⑤如是写道。什么都不做——难道就是最新的奢侈？是的，它便是这个躁动和实用主义、充满激情且生产力旺盛时代的最高奢侈了。但是这份奢侈只有在我们知道自己什么都没做的时候才能得到充分地品味。记得曾有一天，我经过女儿的房间，她显然没在做作业。我如往常般问她："我的朋友，告诉我你在做什么呢？""呃，什么都没做……"以往的这个时候，我会说："什么？怎么能这样呢？你的作业呢？"不过这回我听到自己回答说："什么都没做？棒极了！"我的话让女儿好一阵笑。几年后我得向她好好解释——我这么做或许能让她有一个有用的经历。

最后，正念能帮助我们品味"活着"。不仅是因为它能让我们更少地陷入思想的反刍中，让我们更快地发现自己在反刍，还因为它能帮助我们更好地品味幸福时刻，让我们更全神贯注于这些时刻。有意识地生活，其实很简单，就是正常地生活，是一直能有开放精神和感性情绪，一直能接纳平庸和特殊的正常生活。有意识地生活，就是当下的生活——复杂、混乱不清、不完美、不可靠。我们有时会认为美好的、真正的生活只有在所有困难都解决的时候才会实现。不，这样的生活已经存在了，就在各种难题和不满足之下。准备好迎接幸福和恩惠吧！

静下来，才能真正看见自己

chapter one

今天，炎暑来到我的窗前，轻嘘微语；群蜂在花树的宫廷中尽情弹唱。

这正是应该静坐的时光，和你相对，在这静寂和无边的闲暇里唱出生命的献歌。

——节选自泰戈尔《吉檀迦利》 冰心 / 译

你的身体也需要快乐能量

读懂心灵的需求，远胜过一饭一菜

>>>

你很喜欢诗人克里斯提昂·博班的一句话："悲伤是进入灵魂的疲倦。疲倦是进入肉体的悲伤。"当你的身体感觉疲倦时，你的大脑神经就会紊乱：你变得易怒、悲观、消极，你的烦恼都摊开来并逐渐增大，任何事情都有可能挑衅你、激怒你。这些道理你都知道：你花了不少时间才明白构成问题的不仅有烦恼，还有疲倦，它让你无法解决烦恼或无法将其相对化。虽然你知道这些道理，但你还是常常误入陷阱。那么解决办法——至少是众多解决办法之一，便是休息。此外，休息可能也是一个预防措施。请尊重自己身体的需求：让它动一动，走一走，小跑一会儿，拉伸一下，感受一下外界……

这就像一个音乐家给心爱的小提琴或者吉他调音，或者就像主人遛自己的爱犬。一天，你和一位朋友聊天，你告诉她为何你必须每天步行半小时：为了让自己的身体动一动，为了洗净自己的灵魂。你的朋友听了哈哈大笑，她说她也不得不每天散步两次，不过是为了遛狗！那么养一条狗来督促自己运动？你朋友为狗做的事情，你完全可以为你自己做——同时扮演主人和狗的角色。对，就是这样：与其养一条狗，还不如把自己当成狗。每天，请抽出半小时的时间，停止思考，去散散步，用鼻子呼吸呼吸新鲜空气，稍稍动一动。

古人云："健康的心理寓于健全的身体。"显然，很早以前我们就知道，健康的身体有利于思想的正常运转，而且众多的科学实验也证明了这个直觉是正确的。每天走动的时间和活力与心情愉快之间是有直接联系的：快步行走约10分钟就能够提升安乐程度，而且这一效果能持续90分钟。

在那些有精神疾病的患者身上，我们可以证明运动能起到与抗抑郁药相同的效果：只要患者连续在4个月内坚持每周进行4次45分钟的锻炼即可。此类研究最有趣的一个发现便是：那些通过运动治愈的患者复发的概率要比借助药物治愈的患者复发的概率低。在焦虑症患者身上，我们同样也证明了6次20分钟的运动（无论剧烈与否）能够适度减轻焦虑的症状。

　　大部分的学会和科研机构都得出了与上述结果几乎相同的结论。法国国家健康与医学研究学院建议：18～65岁的成年人，最好每周有5天进行强度适中的有氧锻炼（步行、小步疾走、骑自行车等），每次锻炼至少30分钟。超过65岁的人也可进行相同的锻炼，但需依照身体状况进行调整，量力而行。同时还需配合一些用于保护骨密度、柔韧度和平衡能力的锻炼，即进行一些增强肌肉的锻炼（如抗阻力锻炼：举重或举一些可替代杠铃、哑铃的东西，推、拉、悬挂自己），增强身体灵活度的锻炼（较为轻缓地动动脖子、肩膀、腰身和胯部），以及平衡锻炼（在地上取一条线，用脚尖沿该线行走；在健身步道上从一个桩子跳到另一个桩子，或单脚站立在一个桩子上，同时像太极的动作那样做些缓慢的拉伸）。这三组锻炼每星期至少做两次，每次要完成全部三套锻炼，其中每套锻炼费时5～10分钟。最后，还需明白这个过程需要耐心：多数研究表明，坚持锻炼8周后才能看出它们在心境和精神上的成效。

　　这项幸福投资益处颇多，可很多人就是不运动。法国机构"健康晴雨表"2005年的一项调查显示：15～74岁的人群中，仅有45.7%的人在刚过去的一周内运动时间超过10分钟。运动既简便又免费，而且从生物学角度看，运动还与我们息息相关——几千年来，我们生来便是为了奔跑在羚羊后面或是狮子前面……

静下来，才能真正看见自己

chapter one

　　我们的生命就似渡过一个大海，我们都相聚在这个狭小的舟中。死时，我们便到了岸，各往各的世界去了。

——节选自泰戈尔《飞鸟集》 郑振铎 / 译

接纳的艺术

世上所有的痛苦都没有比不接纳自己更痛苦

>>>

　　当你还是十六七岁的时候，你的女朋友送给了你一本莱纳·玛利亚·里尔克^⑥的《给青年诗人的信》。你一直随身珍藏着它，你喜欢它黄色的小封面、漂亮的老旧书页。你常常反复阅读书中的某些片段。某一天，你感到有些悲伤，于是你重读了书中谈及悲伤的段落："如果我们的目光能够越过知识界限，甚至去到比自身预感所能及的更遥远的地方，或许我们将会以比接受欢乐更大的信心去接受悲伤。但请你想一想，这些巨大的悲伤是不是还没有经过你的内心，是不是还没有过多地改变与你有关的事物，是不是也还没有过多地改变你自己。既然如此，那么，当悲伤向你袭来时，请不

035

要惊慌。"

不要惊慌，学会去接纳它吧！随着年岁的增长（再加上你所做出的努力），你学会了接纳悲伤，也学会了欣赏接纳的真实味道。不要对妥协有苦涩的喜好，因为妥协是出于胁迫或者心力交瘁而不得已的接纳；也不要对谎言有令人厌恶的喜好，因为谎言是虚假的接纳。我们喜欢的应该是面对厄运和挫折时，能发自内心地道一声"是"的这种接纳，对此类接纳的喜好是甘美和宁静的。这一声"是"是对所有令我们跌倒、令我们痛苦之事说的。这一声"是"并不等同于"这很好"，而是意味着"事情就是如此，事情已然如此，不管我哭也好，顿足也好，无所谓也好，事情已经这样了。那么我现在该怎么做呢？"

现在你明白了吧，当你在心中说出了这个"是"的时候，一切便皆有可能了。

为了让大家理解接纳的重要性，我举这么一个隐喻吧：如果我们不接受到达一个地方，那么我们也不可能从这个地方重新出发。如果我希望不再无休无止地感受悲伤或愤怒，那么与其在悲伤或愤怒已经产生的时候选择不去感受它们，不如在它们将要产生的时候选择愿意去充分地感受它们，面对而非逃避它们，选择体验并认真地回观它们。我这么选择的时候需要反人类的天性而行，因为人的天性往往倾向于接纳令人愉快的事，排斥令人不愉快的事。人的这种天性很有诱惑力，也很合情合理，但它只能在具体且有限的情况下发挥作用，而对复杂的人生经历就不一定行得通了。当然，张开双臂拥抱痛苦的心境需要有一个前提，即知道自己在承担这些心境的同时，还能一并承担它们所带来的苦难。选择接纳能够带来很多的好处：一方面苦难很可能会因此逐渐稳定下来，然后慢慢消失（只要我们的反应和行为不助长苦难）；另一方面，接纳的态度让我们有可能从这些经历中学习到些东西，而不是不愿意再体验到这些痛苦的心境，并且在事过之后没有任何改变。

因此，有时我们不应该只想着去纠正自己的情感体验或心境，而应该去思考如何改变我们的心境，改变我们自身与心境的关系。因为如果我们接纳自身的消极心境，那么这些消极心境会很矛盾地变得没那么令人痛苦，而且它们还能够提供与我们的处境和所做反应相关的信息，能够增长我们的阅历。因为与它们相联系的是真实的生活而非想象的虚幻生活，同时向我们证明：我们可以战胜困难并生存下来。学会接纳还能促使我们只做当下能做的最好的事，而不去哼哼唧唧地呻吟或者抱怨。它让我们懂得去觉察并做出决定——什么该做、什么不该做，与此同时，这样一种生活态度还不会给自己平添痛苦。因为接纳与痛苦为并列选项，选择接纳就等于放弃痛苦，但接纳与行动不构成并列选项，选择接纳后仍可以采取行动。

事实上，有时候，批判这种接纳的观点是在变相地助长某种消极、被动的行为，某种寂静主义。寂静主义是17世纪一项神秘的天主教运动，主张让灵魂与神相通，并且听凭神对自己的灵魂采取的任何一种行为，倡导完全被动。那么接纳就等于接受一切并任凭一切发生，以此来提升自己的灵魂吗？当然不是。我们现在谈论的是精神治疗，它的目的在于让人获得幸福安乐，而不是为了接近神灵。此外，某些基于接纳理念的疗法即便明显受佛教和印度哲学的影响，也不妨碍它们属于行为和认知疗法的行列（此类疗法鼓励患者采取行动），因为它们的出发点很简单，就是希望能够帮助患者尽可能地采取清晰、明智的行为。为了避免产生误解，在精神治疗领域中，采取"欢迎苦难"的说法或许会比"接纳苦难"的说法好一点。因为在我们的潜意识里，"接纳"总是与"屈服"的概念联系在一起，而且说起接纳似乎就意味着要接受一切；而"欢迎"则意味着我们还处于积极主动的状态，并且在接受时能够有区分地接受。这也恰恰是我们的目标。

再举一个关于游泳者的隐喻。如果一股急流将游泳者冲向外海，他该怎么办？不要惊慌，也不要拼命游向海岸，因为这样做很可能让自己精疲力竭，然后溺死。正确的做法是继续游泳，不是为了去哪儿，而是为了停留在水面上，同时接受急流比自己更强大这个事实。但接纳并不意味着放任自己随波逐流，而应该是在急流中游泳。急流总有停止的时候，这时我们再游几千米就能回到海岸。虽然离海岸远了许多，但总比被淹死好吧？积极主动的接纳通常是生活中某些事情唯一的解决方法。虽然除了接纳外，我们还需要其他更积极、更充满斗志的生活态度。即便有时我们要学会拒绝，而不是接纳，但是接纳还是很重要的，它理应成为我们心理"生存工具包"的一个组成部分。

不，我们都是海洋中的珍珠

我们都住在海里

若非如此，为何

海浪会一波未平一波又起？

——节选自鲁米《无界之疆》　胡敏／译

为了幸福而固执

幸福的能力随时会发生变化

>>>

你在变老。从很小的时候开始，你就在变老。在很长的一段时间里，你都不曾想过这个问题。之后你开始想了，但很糟糕：你感到痛苦、悲伤、不安。于是，你逃避变老这个问题，但问题依然在那里，好比一颗藏在你其他思维和行动之地毯下的细小灰尘一样。但现在，你能够好好思考这个问题了，至少你自己是这么觉得的。你接受自己会变老，也接受自己终会死去。但此番想法不会令你忧愁，而是给予你力量和智慧。你从中体会到了幸福的滋味。你想起了皮埃尔·德普罗日⑦的名言："幸福地活着等死。"还有保罗·克洛岱尔⑧说的："幸福不是目的，而是一种生活方式。"我们活着不只是为了幸福，而是因为我们能够偶尔或是经常地感到幸福。否则，没有了幸福，生活就不大值得我们去经历，也不会显得那么有趣。你也明白了其他的事情：你应当像所有人一样决心接受间断的幸福：幸福到来，离去，再到来，再离去。在它走后，你会等待、期冀、悲叹、后悔，或者会继续自己的生活，去一些你知道幸福常常会经过的地方。这种间断的幸福不再使你感到忧愁，你变得更加有智慧：你已经明白在幸福到来时要努力，不能停下来等待它，而是要继续生活。

我们可以决定为了幸福而努力。这就是巴鲁赫·斯宾诺莎⑨所说的"通过理性的决定寻找快乐"。与很多人的想法或是确信的事相反，幸福的能力是有可能发生很多变化的。即使是为了接近幸福而做出的努力也对我们有益。或许正因如此，儒勒·列那尔⑩才说道："幸福就是找寻幸福的过程。"

这些努力是什么样的呢？窍门又是什么？事实上，该知道的东西我们都已经知道了。大部分人都清楚地知道，对幸福而言重要的是什么，至少直觉上是知道的，但是他们却不采取实际行动。当他们不得不采取实际行动时——通常是因为生命中的一次悲剧（一次严重的疾病或是一位亲人的去世），他们不是"发现"是什么造就了幸福，而仅仅是意识到他们本应该早点着手追寻幸福。幸福不是通过发现（我们所忽视的东西）而是通过意识到（将我们已知道的事情付诸实践的重要性）来构建的。例如，在一个针对年轻母亲的研究中，根据搜集到的实时情感数据，我们发现她们与孩子在一起的时间中处于积极心境的时候并不多。原因很简单，虽然身体上她们和孩子在一起，但是在脑子里她们其实并不和孩子在一起，因为她们同时还分神来做其他麻烦的事情（家务、购物、打电话……），孩子这时就成了妨碍了。矛盾的现象由此而来：和孩子在一起的时间变得令人厌烦，充斥着负面心境。虽然孩子是我们最珍贵的宝贝，但是我们却时常将他们看作混乱和压力的制造者，因为和他们在一起的时候，我们总想还能做点别的事情。

实践幸福也通常是一个与常识有关的过程。这并不意味着幸福是简单的或是僵化不变的，也不是强制性的。当我们说起自己喜欢幸福、想多遇到一些幸福的事情时，某些人会觉得受到了威胁，仿佛人们会收回他们不幸的权利。诚然，我们毫无疑问拥有不幸的权利，这甚至不是一种权利，而是一种宿命：不幸与逆境构成了我们生命的很大一部分，并且它们绝不会错过闯入我们的生活的机会。此外，不幸除了作为一种权利，不也是一种需要吗？消极的心境对我们来说是必要的。

事实上，说明我们不应当抑制和禁止消极心境的理由至少有一个：消极心境使得积极心境显得更有价值。此外，我们发现（而且我们每个人都清楚地感觉到）安乐的平均水平越高，积极的事情对提高安乐程度的贡献就越小。我称之为"民主与热水澡"效应。人们在得到民主以后，投票时的喜悦感远低于人们在摆脱独裁者后投出第一票时的喜悦感。当我们已经习惯每天早上洗个热水澡，我们不会为此欢呼雀跃，除非是在热水器坏了很久以后。当我们生活在舒适之中时，那些令我们幸福的东西就变得平庸，积极的事情也变得普通了。因此我们应当重新激活自己头脑中的清醒理智，通过努力去意识到幸福（"为每天的幸运心存感激"）而体会到内在的幸福；或是坦然接受一小点不幸来重新校准幸福的手表（只要之后我们还会继续努力就行）。幸福并不诗意，它遵循与金钱相同的法则：我们拥有的越多，幸福或金钱的增加给我们带来的幸福就越少。可是如果我们的钱很少（因为贫穷或因为我们还小），几十欧元就能让我们笑逐颜开。但是故意减少自己的幸福或者使自己不幸是没用的，最好还是努力去意识到幸福，去用厄运来重新校准"幸福的手表"，就像进行幸福的保健一样。这样，当我们事事如意的时候去回想过去的消极经历，我们便能够从中学到新的东西。这样做不是为了重新反刍这些经历，也不是为了减小它们，而是为了接受它们，学会将它们相对化，深入地研究它们，在我们如今的快乐的光芒中重新审阅它们，然后再慢慢回到当下的幸福中——从阴影到光明。

在这种幸福的才能方面，一些人比常人更加有天赋，就像幸运的孟德斯鸠："早上我带着一种神秘的喜悦醒来，看到光明时我欣喜若狂，在接下来的一天中我一直很高兴。"就我个人来说，我早上通常不会带着一种神秘的喜悦醒来。不过不要紧，我愿意固执地为此努力。我固执了很多年，有一天我不知怎么的顿悟到了一句令我很高兴的话："为了幸福而固执。"

就是这样，确实如此。

这句话很奏效。

而且常常奏效。

①安乐，指所有需求都得到满足，或者别无所求、无忧无虑，由此产生的愉悦的感觉即为安乐，与舒适、安逸、惬意之意相近。

②brooding，本义为"孵蛋"，引申义为"沉思"。

③觉醒，在本文中指从迷糊或走神等状态中清醒过来的动作过程，与"清醒""苏醒"意思相近。或有人译为"顿悟"，但在本文中这种过程不一定是突然的，也可能是缓慢的，因此为避免歧义，译作"觉醒"。

④临在，对应的英语为presence，按照字面意思，有"在场""到场"之意，在文中指当生活正在发生时，我们身心都"在场"，而不是身在场，心则神游他乡，想着未来或者过去。临在，意味着全神贯注于当下的生活。它既可作为一个名词，表示身心在场的这种状态，又可作为动词，表示身心在场的动作。

⑤齐奥朗（1911—1997），罗马尼亚文学家和哲学家。20世纪怀疑论、虚无主义重要思想家。

⑥莱纳·玛利亚·里尔克（1875—1926），出生于布拉格，作家、诗人，用德语和法语创作，对19世纪末的诗歌体裁和风格以及欧洲颓废派文学有深远的影响。

⑦皮埃尔·德普罗日（1939—1988），法国著名幽默家，以黑色幽默、反陈规著称。

⑧保罗·克洛岱尔（1868—1955），法国著名诗人、剧作家和外交官。

⑨巴鲁赫·斯宾诺莎（1632—1677），西方近代哲学史重要的理性主义者。

⑩儒勒·列那尔（1864—1910），法国古典作家。

静下来，才能真正看见自己

chapter one

篇 二

每一种心境
都是你人生的礼物

让你的生命像露珠在叶尖一样，在时间的边缘上轻轻
跳舞。
在你的琴弦上弹出无定的暂时的音调吧。

——节选自泰戈尔《园丁集》 冰心／译

灵魂与心境

每一种心境都是你人生的礼物

>>>

　　不知从何时起，你似乎开始时常感知到自己灵魂的存在，感受到它愈加有力的呼吸。这就是成熟吗？这就是成长吗？这就是衰老吗？虽然你可能都不知道自己的灵魂到底是什么，但是你却能朦朦胧胧地感觉到它的存在。你也能明白在自己的生活中感性与宁静的并存。当你还是小男孩的时候，你已经很感性了。一些小细节就能触动你，让你惊奇或者欣喜，比如一个手势、一句话、一张悲伤的面容、一朵轻云，或者一曲风声。灵魂的这些颤动让你纠结了很久，你更希望自己少一点感性，多一点宁静。因此，你努力地抵御外界的影响：在你看来，宁静就是退隐。

但渐渐地，你学会了去接受那些触动自己、让自己感到惊奇的时刻，也学会了去接受所有的心境（幸福的或者痛苦的）。这些心境产生于与那些时刻的接触中，存在于那些时刻消逝后的轨迹里。我们的心境便是生命列车驶过后留存在我们身上的东西——心脏，它因我们与世界的联系而跳动。如今，你终于明白也接受了这个事实：我们的心境就是一颗因我们与世界的联系而跳动的心脏。

　　对自己的心境①感兴趣也许会被认为是自我主义，但这种行为的意义远非如此。灵魂的定义是使感性的生灵（换句话说就是有生命的动物）活跃起来的东西。它让我们超越自己的智慧，或者至少将智慧引向另一个方向。我们的精神、智慧能帮助我们构思这个世界，而我们的灵魂却能帮助我们感受世界，并充实地生活在世界上。

　　事实上，我们的心境能够增加生活智慧：心境是我们感知世界的结果，哪怕是对再小的事件的感知也包括在内。因此，一些生命中不甚起眼的事件虽然不会给我们带来多么强烈的感情，但是却能让我们的心境有所感应。你是否在街上遇到过这么一些场景呢：一个哭泣的小孩、一位借酒浇愁的乞人、一对正在争吵的情侣……只要你对他们稍加注意，所有的这些场景虽然对你的生活、你的存在起不到任何影响，但都能诱发你忧郁的心境。从外表看来，它们没有给我们带来丝毫可触可知的影响，但在内心，它们总能拨动我们的心弦。又有谁能知道它们会把我们引向何方呢？

心境常常比情绪更能让我们成为独一无二的个体。例如在剧院或者电影院里，戏剧或者电影往往会引起我们强烈的、持久的、均等的，几乎与其他观众相同的反应，这就是情绪。之后，当演出结束，我们从剧院或者电影院出来后，我们所看到的或者间接经历过的事件引发了我们一系列的想法、感情和回忆，它们五味杂陈般一齐向我们涌来。这时候，每个观众的感受就不再是相同的了。这种感受比起情绪来说，个体之间存在不少差异，而且更为朦胧、柔和，也更不易察觉，这就是心境。它更隐秘、更复杂、更个人化。

因此，没有心境就等同于给自己的人性加上了引号（没有心境的人会对任何事物都无动于衷，丧失了道德准绳，需要时宣扬人性，不需要时则给它打上引号）。千万当心那些宣称自己"没有心境"的人。此外，我们不能"没有心境"，我们只能压制它、掩饰它、拒绝它。拒绝心境也就等于拒绝了自己的人性，等于放弃了人性能够带给我们的或许更为美好的事物——内在性。面对"理解"，"感知"是必要的；面对"通过知识来学习"，"通过经历来学习"是必要的，这两种必要性促使我们接受、观察和爱上我们的心境——可别忽视任何可以了解和进入这个复杂世界的方法。

每一种心境都是你人生的礼物

chapter two

我们感受着生命之水的流淌

我和你，共赏花园美景，共听鸟儿低吟

星星会凝望着我们

而我们，也会让它们知道

如钩的新月意味着什么

——节选自鲁米《我和你》 胡敏／译

积极心境与消极心境的最佳配比

种下积极心境的种子，你就会收获欣欣向荣

>>>

你喜欢：与自己喜欢的人相处时平和的感觉；天气晴朗，气温舒适宜人；新闻里没有灾难，没有战争，没有袭击；回忆自己给他人的帮助；回忆他人给自己的帮助。这让你快乐，你把它视为好运而不是亏欠。在这些时刻里，你感到自己更好奇、更热心肠、更有耐心、更聪明。你感到自己变得强大了，更有安全感了，也更能爱、更能思考、更能给予、更能行动。这就是好的心境，它是把人引向美好事物的发动机。在这些时刻里，你会对自己说：正因为如此，我喜欢活着。更美妙的是，正是在这些时刻，你能够感受到自己，而在斗争或者痛苦的时候，你不能感受到自己，因为在

后一种时刻里，你将自己武装起来，与生命抗争。有份好心情，真不错！

积极的心境有很多：心情愉快、欢乐、安宁、自信、好感、尊重等，它们除了能给我们带来舒适与惬意，还能带来什么呢？

首先，它们让我们拥有更好的自我控制能力。换句话说，出于对将来各种利益的考虑，我们现在必须要约束自己的行为，而这些积极的心境恰好能帮助我们更好地管理和约束自己。例如，为了将来的健康，我们现在要做一些努力（控制饮食、锻炼等）。正因如此，沮丧和焦虑的心情往往与衰退的"健康行为"（酗酒、吸烟、缺乏运动）联系在一起。也正因如此，那些节食或者酗酒、吸烟的人更易受到心境波动的影响：许多人病愈后又重新发病就与忧郁或者压抑的心境有关。

积极的心境能帮助我们更好地判断要设定的目标并取得成功：如果我们脑子清醒，我们就更容易取得成功，因为我们会（不知不觉地）采取成功性更高的合理措施。相反，心境消极的人如果没有过早放弃，很可能会做出一些超出自己的力量和能力范围的选择。在第二种情况下，他们的思想没那么灵活，所以往往会过度坚持。

此外，好心情不会让我们忽视那些不顺利或者有待改进的事物，也不会妨碍提升自我，事实恰恰相反，有研究表明，心情愉悦的人能更好地听取别人的批评。

积极的心境还能让批评更有说服力，有助于我们记住对自己有用的信息。这就解释了，当我们希望自己在工作或教学中提出的建议更好地被他人采纳和记住时，努力营造充满积极心境的氛围为什么那么重要了。痛苦（研究表明，艺术家们常常受到痛苦的折磨）只有在被克服，并且主体重新恢复热爱生活的能力时（即使热爱的方式有些不完美或有些许笨拙），才能带来创造力的提升。

既然如此，天天都让自己保持好心情不是很好吗？这个想法虽然可以理解，但永远保持积极的心境既不现实，也不是我们所希望的。说它不现实，是因为生活中总有不如意之事，总有或大或小的厄运，而消极的心境常常与之相随（这些心境往往是必要的）。说它不是我们所希望的，是因为欲予光明以深度，就需要有阴影。阴影能让光明更美丽，也正因如此，夜晚和早晨的光亮总是比正午的光亮更美丽、更精巧。我们的心境也是如此。

在你心的欢乐里，愿你感到一个春晨吟唱的活的欢乐，
把它快乐的声音，传过一百年的时间。

——节选自泰戈尔《园丁集》 冰心 / 译

乐观起来

你，伪乐观了吗？

>>>

　　你时常抱怨自己的生活和生活中的烦恼，一天，你的一个朋友告诉你"要乐观起来"。你很讨厌别人对自己说这句话。你犹豫着要不要叹口气就算了，或者是对她凶一点，好让她别管那么多，回到她该待的位子上。不过由于你很喜欢这位朋友，而且你也明白她这么说都是为了自己好，所以你放弃了以上想法，只是挪开了视线、转移了话题，以免和朋友吵架给自己再平添一层烦恼。不过说实话，你对"乐观起来"这个词还真有点过敏，就像你对"挑战""成绩"等词过敏一样。所有这类词都会让你想起发达的肌肉和强势的姿态，它们让你感到不快、恼怒，你觉得它们十分愚蠢，会给人造成紧张的感觉。虽然能够乐观起来总比一直消沉要好，但通常情况下，我们对别人说这句话的时候，对方往往听不进去或者不愿接受这种劝告。我们让他积极起来的时候，他正在"全力以赴"地让自己消沉下去。这怎么能奏效呢？怎样能让自己暂停、平静下来并且恢复镇定呢？是依靠自己的内心，还是依靠外界？自己又该如何做呢？

很简单，就一句话：不一要一乐一观！至少不要无时无刻、无论何事都乐观。我一直在思考幸福的心理学。作为精神科医生，我知道乐观是防止患者再次犯病的一个很有意思的"工具"。作为一个人，我感到自己在幸福时要比不幸时状态好得多，因此我会毫不犹豫地选择乐观。但不管怎样，我一点也不喜欢"应该乐观起来"之类的口号。我也从来不会对自己的患者说你应该乐观起来——至少不用这样的方式说，即便我内心认为确实应该多多少少乐观一点，而且也承认他们做的确实有道理。然而，命令他人乐观起来会带来两个问题：第一，如果乐观起来意味着否认问题和痛苦的存在，拒绝它们存在于我们身上，那么乐观这服药剂反倒有害无益，这点我们已经详细讲过了；第二，在我看来，"努力追求幸福"越像高尚、庄重的行为，"乐观起来"就越像不高尚、不现实的追求（也许这个观点有时不一定正确）。因此，不要刻意让自己傻呵呵地、机械地乐观起来，但也不要放任自己沉浸在悲痛、苦恼之中，否则你会因为自己的消极退让而平添更多烦恼。

还有一点需要说明的是，实现心境的平衡并不等同于强烈地期望调节好自己的精神状态或者永远保持愉悦的心情（这种行为必定是人为的、不自然的），而是简单地希望澄清模糊之事、安抚焦躁之心、为偏离正确方向之事重新找准方向。心境的平衡意味着能够较大规模地抑制我们的消极心境（但也不仅局限于抑制消极的心境，例如它会在抑制恐惧的同时，让我们正确地看待恐惧），同时也意味着能够扩大积极的心境，使人回味并重新回想起那些积极的心境（但不会让我们产生要永远拥有它们的要求：平衡的心境能让我们明白积极的心境不是恒定不变的）。研究情感平衡的研究员和治疗师认为，较为理想的平衡状态应该是积极心境占整体心境的2/3，而消极心境占1/3。这一比例关系综合了积极心境带来的生机与活力，以及消极心境带来的警惕性。所有人都曾在某一时刻感受到消极心境的好处：担忧让我们擦亮双眼；愤怒让我们采取行动；悲伤迫使我们思考；绝望让我们想起生活的意义。同时，我们也都曾感受到混合心境的好处：罪恶感让我们重新审视自己的行为；思念让我们学会欣赏过去、珍惜未来。如果这些消极的或者混合的心境在整个心境中不占主导地位，而是与占主导地位的积极心境紧密结合，形成一个整体，那么我们的内心生活将会比仅由消极或积极心境构成的内在世界更富有生命力，我们内心的土壤也会更加肥沃。

每一种心境都是你人生的礼物

chapter two

和朋友们一起坐坐吧；别回去歇息

别像鱼儿那样潜入海底

要像海洋那样汹涌奔腾

别像风暴一般撕碎自己

——节选自鲁米《追寻黑暗》 胡敏 / 译

放松

让身体的紧张不再回应精神的紧张

>>>

  当你压力太大时，你能够顶住：弯下腰，继续往前移动，时不时地留意着让担子架在肩上不要跑偏。在重担之下你能坚持住，忘记这副担子过重，坚持数日或数周，完全专注于一波又一波"要做的事"。你的身体却欲反抗，它给你发出一些报警信号，不过你一开始并没加以重视。由于这些信号干扰了你，它们迫使你放缓行动速度，你便假装什么都没看到，什么都没听到，什么都没感觉到。脖子疼、肚子疼、胸口不舒服或者突然想叹气以便能好好呼口气，所有这些你都能感受得到，但你却不加重视，还是继续行事。于是时不时地，一些症状就堵在一块儿或聚在死角了：腰疼、结肠炎、落枕，还有其他一些令人烦恼的毛病，如感冒、心绞痛、长脓包等。

你告诉自己该做做瑜伽、练练气功或是进行类似的运动。你也确实试过了，结果也的确能让自己好受点。但是中断练习之后，你觉得效果消失，压力又重新回来了。奇怪又天真：或许你期待一劳永逸，效果持续不变。不管怎样，你觉得这些锻炼太花时间。真的没时间来照顾自己的身体吗？如果你的身体垮了，动弹不了了，你是否还有个备用的来替换呢？

为什么放松（以及所有与之类似的行为）同运动一样，对我们来说是必要的呢？

第一个原因便是，我们每次面临紧张的场景时，肌肉都会难以察觉地紧绷，这种肌肉紧绷通常难以完全恢复正常状态，这既是因为其他困难或者其他紧张的任务会紧随而至，也是因为我们的大脑有记忆和预测的功能，即便远离制造压力的场景，烦恼的记忆仍然尾随。想到一个难题，就等于已经遇到了或者已经经历了这个难题，退一步说，至少我们的身体是这么认为的，于是它便紧绷或者收缩自己，仿佛我们真的正处于那个场景中。

为了控制紧张的"堆积"，不论何种放松方法都应加上一系列小的放松练习，即"微放松练习"。这样做的目的不在于达到完全的放松，而是"降低压力"和减少积累了一整天的肌肉压力。在实践中，这些练习要求我们关注自己的身体状态，以便能尽早发现敏感区域（通常为肩部、颈部，对某些人来说是下颌）出现的肌肉收缩，然后做些小放松练习来舒缓这些区域紧张的肌肉。对那些难以察觉肌肉紧张的人，最简单的方法便是坚持"紧张将会发生"这一原则，并且每过1小时就花1～2分钟来放松一下身体（深呼吸、调整姿势，或者可以伸展一下身体，轻轻地活动颈部和肩部肌肉）。我们可以，也应该随时随地（在交通工具上、等红灯的车里、等候室里等）做一做上述放松练习。

　　放松的第二个必要原因，便是我们需要放松，需要身体的"可持续发展"。在三伏天里，构成问题和危险的并不仅仅只有白日里的高气温，同时还有夜里温度下降得不够多，使得机体不能很好地恢复：白天太热再加上夜里不够凉快，这就是最糟糕的组合。这对我们白天积累的压力来说，也是同样的道理：夜里我们应该摆脱这些压力，让压力水平能够持续并大幅度下降。

在实际应用中，最好能够做一些深度的，且持续时间较长（10～30分钟）的放松练习，尤其是在神经紧张的时候，以便身体能够恢复平静，同时促进心理恢复平静。当然，真要这么做可不是件容易的事，因为通常我们有很多烦恼的时候，也是我们忙得没时间的时候。因此，在白天结束后放松一下是很必要的，而且它比看电视或者读书消遣重要得多。

放松的要领很简单：当身体开始有多余的心境时，当肌肉紧张或者呼吸局促时，我们就可以深呼吸，稍稍偷个懒，让身体获得更多休息。休息的目的并不是要消除紧张，而是让这种紧张得到放松并恢复平静，以便自己能够好好观察即将发生的事情，感受平复下来的身体里存在的不安，这么做的同时也就减轻了不安。再重复一遍放松过程，便可以逐渐切断不安的源头——如果身体的紧张不再回应精神的紧张，那么紧张便会消失得更快。一言以蔽之，放松就是安抚身体以便安抚心灵。

每一种心境都是你人生的礼物

chapter two

清空心中的悲伤

品尝溪水的甘甜

别去想它会不会枯竭——

水是无穷无尽的

——节选自鲁米《玫瑰之形》 胡敏／译

脆弱离智慧有多远

小困难有时比大痛苦更具破坏力

>>>

有种想法很令人憋闷，甚至有时还让人焦虑，这种想法便是——你的生命就只是一连串的努力。人就好比机器：保持良好状态、修补、堵塞、建设、再建设。这一切努力都是为了工作，为了忙碌，为了照顾他人（很多的），为了照顾自己（很少的），总而言之，就是为了"管理"一切（多说一句，也许你不喜欢"管理"这个词，因为这个词好像就把生活当成商业或者工业行为）。

你常常感到自己几乎就想认输、撒手不管了。这么想既是出于疲倦（如果是这样，那么你就需要好好休息一下了），也是出于精神衰退。生活难道就是这样的吗？总是忙忙碌碌、焦躁不安、拼命努力吗？那么停下来别做了吧？不行，如果我不做了，一切都会乱套的，所有的事情都会堆积起来，所有的人都会对一向积极活跃的自己抗议、发牢骚。为了做个正直的人，你不知道停下来的结果会不会真的是一团糟，因为你从没有试过也从不允许自己停下来。你只是这么想象。噗……不过在此刻你还真想撒手不管了，闭上眼睛，立刻离开这里，找一处避风港，一处没人会要求自己做事并且什么都不缺的宁静的地方。果真如此，你也有点太脆弱了吧？几年前，你曾患过抑郁症，医生给你开了百忧解^②。它对你还是十分有益的，你不那么多愁善感了，也不那么脆弱了。不过，你不大情愿接受这些变化都是因为这种化学制剂所带来的这个事实——它们在自己的身体里巡逻，阻止或者驱散所有"聚众围观"的情绪们："都散开啦，没什么好感受的。"如有需要时，你很高兴世上有这类的安抚药物，但是你还是希望能够采取其他办法。

这种脆弱的感觉会有离开自己的一天吗？

人是脆弱的，易受攻击、伤害，哪怕很小的东西、很微不足道的痛苦都能让他受伤。人也尤其容易被一些小事所伤害，因为在大的困难面前，人往往能全力投入，勇气也会助我们一臂之力，但要是遇到小的困难，情况就不一样了，正如蒙田所意识到的："一堆小困难有时候比巨大的痛苦更能让人透不过气来。"

幸运的是，人的脆弱性还是有些好处的。

首先，意识到自身的脆弱能防止我们产生自己无所不能的妄想（任何坏事都不可能发生在我身上），也能防止我们掉以轻心引发危险。相反，那些脆弱和敏感的人会认为任何坏事都有可能发生，任何事情都是很困难的。他们很早就这么想了，他们还在幼儿园的操场上时就有这种感觉了。

其次，脆弱能让我们变得清醒、理智，要做到这点只需要睁开眼就行：睁眼看一个孩子睡觉，睁眼看一位朋友老去，感受一下时间的流逝。于是，你突然对自己说，或者更确切地说是对自己大喊："我不要再过得仿佛我的生命是无限的！我不要再过得仿佛我会安排、支配其他人！我也不要再过得仿佛我是刀枪不入和永恒的！"就这样，我们的理智和脆弱将我们引向了智慧。

再次，脆弱的另一个优点是：它让我们敞开心扉面对世界。起初我们充满戒备地观察着这个世界以确保我们的生存，我们会暗自琢磨：下一个打击、下一个危险会来自哪里呢？之后，也就是现在，我们学会了不带戒备心地来看这个世界，而且即使危险已然不在，即使我们已然学会了如何面对危险，我们仍旧保持着看世界的习惯。因此常常会出现一种幸福的"反弹"现象：一个病人生了一场大病后醒来看到黎明，那么与那些安睡一夜后醒来看到黎明的人相比，他能更强烈也能更好地品味黎明。同样的道理，那些摆脱了脆弱和焦虑（哪怕只是短暂的摆脱）的人就像上述患者一样，更懂得欣赏和珍惜走出困境的美好。

最后，脆弱之人活着感觉到的幸福经常比那些……的人要深刻。省略号代表的到底是什么人呢？脆弱的反义词是什么？是强壮吗？冷酷吗？强大吗？最有趣的，比脆弱的反面更有趣的，难道不是脆弱过后会是什么吗？换句话说，最有趣的是那些取得进步的脆弱之人接下来会成为什么。事实上，他们的进步不在于消灭了自身的脆弱性（成为了"强大的人"），而在于接纳了脆弱，与此同时不过多地或者过于频繁地被它折磨。

每一种心境都是你人生的礼物

chapter two

我不属于陆地，也不属于海洋

我既非来自自然的宝藏

亦非来自运转的星辰

我不属于土，不属于水

不属于风，不属于火

我不属于九重天

也不属于地毯下的尘埃

我既不属于深处，也不躲在背后

——节选自鲁米《我不是……》 胡敏／译

回收忧虑的办法

接受幸福，像接受转瞬即逝的体验一样

>>>

　　长久以来，你一直觉得自己的幸福有问题，好像自己的幸福没有其他人的好，没那么强烈、持久、纯粹（在你这儿，幸福好像总有点缺陷）。因此，这种感觉让你一直以来都在糟蹋生活，即使你感到幸福了，你也会问自己到底是不是真的幸福，幸福是否真的就是这样，还有一大堆类似这样毫无价值的问题。唯一让你觉得幸福、非常完美的时刻，便是幸福已经走过的时刻。就像一句话里说的一样："幸福啊，我听到你离开的声音后才认出你来。" 这句话出自雷蒙·拉迪盖③，他在20岁时便去世了。在他的代表作《魔鬼附身》的最后几页中，他这么写道："一个原本生活无序且对此从不质疑的人如今马上要死了，他突然将四周都安置得井然有序。他的生活发生了变化。他会分类摆放文件，早起，准时睡觉。他抛弃了过去罪恶的作风。他身边的人为此感到高兴。他突然去世也因此显得似乎很不公平，因为他本可以生活得更幸福。"

你也一样，你也有过这种感觉：你一直都要等幸福过去了才懂得珍惜，久而久之，最后你的幸福也成了"将死之人"。你不会觉得落日有多令人震撼，除非这是你假期的最后一个黄昏了；你不会觉得爱人的一个吻有多激动人心，除非两人分开了很久；你不会觉得父亲有多令人感动，除非你在他老死前很少去看他（并且知道他将不久于人世了）。总而言之，你和幸福之间，是个奇怪的关系，不大稳定，而且你常常会错过它。

之后，这种情况逐渐改变了。你明白问题不在于幸福本身，而在于自己对幸福的期待上，总是期待它是强烈的、纯粹的和永恒的。你是怎么明白这个问题的呢？你不知道，也许是因为积累了很多经验，觉悟了，或许只是因为很多时间流逝了，也或许只是年龄原因。不管怎样，如今你已懂得欣赏哪怕最小的幸福碎屑，而不问自己太多问题。或者你也问，但欣赏和问的顺序是对的：首先品味并欣赏幸福，然后再思考。

有时候，你会有一种奇怪的感觉：悲伤有时只是衰退的欢乐或过去的幸福。如果太过留恋后两者，幸福很有可能变成悲伤。应该接受它已过去的事实，放弃这早已死去的幸福。接受我们身后会因此有成堆的或大或小的幸福"尸体"。接受它们只能以回忆的方式继续存在。对于它们以及幸福的时光，乃至"幸福"这个概念本身，不要留恋，也不要紧紧拉住不放。

因此，幸福的强烈程度和痛苦存在于它转瞬即逝的特点中。我们个人的经历就可以说明这点，此外还有很多实验研究也能对此加以证明。我们找两组志愿者，其中一组，我们让他们想象自己身处一个非常喜欢的地方，不过是最后一次到这里了。另一组我们只是让他们想象自己身处一个非常喜欢的地方，除此之外没有其他指令。结果表明，两组志愿者的心境毫无疑问都是积极的，不过第一组志愿者比第二组志愿者的心境更微妙、更混杂。我们有关幸福的情感体验的丰富和微妙，正是因为有这些心境的存在（这些心境是意识到幸福是有限的、会消失的、易变质的这种特征后产生的），而不是

因为有非常完满的、巨大的幸福的存在（这种幸福有点
"笨"，更原始，更合乎逻辑）。正是意识到幸福这种
间歇性质，才使得幸福体验能从某一有限的时间不断延
长，甚至可达永恒：这就是为什么一瞬间的幸福能给我
们永恒的回味。

其他研究表明，一般而言，我们越是意识到时间多
么重要（即使只是很平常地意识到，没有任何戏剧性，
比如在实验中被要求在限定时间内完成某项工作让你意
识到时间的重要性），就越会去寻找有意义的事情来
做，就越喜欢做有意义的事情。这是很好的一个回收生
活忧虑的办法（而且我们也常常这样建议患者）：越是
忧虑，我们就越是喜欢关注那些在自己生命中真正重要
的事情，以便能够采取相应行动，靠近它们，在当下品
味它们。例如，停下脚步，感受自己的呼吸，感受自己
是活着的，抬抬头或者走出房门看看天空。想象一下如
果我死了（或者将要死了），我再也没有任何烦恼了，
但也与这一切都没了联系。趁自己还活着，我会更喜欢
什么呢？

所有这些都与逐渐增强的时间意识（意识到时间会
流逝且不能重来）有关。随着我们年龄不断增长，我们愈

加意识到某些幸福不会再发生（但对某些人来说，不用随着年龄增长，他们一直以来都明白这个道理）。比如与父母有关的幸福（他们不断地衰老），或与子女有关的幸福（他们不断地长大），或者高中、大学最后几年里和同学们有关的幸福（我们将要与他们分别）。这种意识会给我们带来焦虑——如果我们不接受这些明显的事实，我们就会焦虑；或是智慧——如果我们理智地接受这个事实，也就是说，这种意识会让我们关注当下并且学会品味当下，而不是关注未来的各种不确定性（我们的焦虑会把这些不确定性变为某种消极的确信）。

在我们的生命中，有许许多多我们没有意识到的"最后一次"：最后一次见一个朋友，最后一次到一个地方，最后一次听一首乐曲。此类的"没有意识到"是幸福的，能在很大程度上减轻我们的负担。如果我们在生活前进的过程中不断地问自己："这是不是我最后一次经历或者看到它了？"那么我们就会感到痛苦。但从一定的年龄开始，此类的"最后一次"愈来愈明显，我们再也不能忽视它们了。一个女患者向我讲述她最后一次妊娠，以及溺爱自己最小的那个还留在家里的孩子时，就有这种感受。另一个女患者向我讲述了她作为年轻女性（在绝经期前）的最后一次热恋，因为她觉得在绝经期以后就是老女人的恋爱了。

就这样，随着年龄的增长，我们开始经历一些我们心知肚明是"最后一次"的会面、旅行和事件。我们希望把它们变成怎样的呢？是变成痛苦的时刻还是幸福的时刻呢？

①心境，有精神状态、心情之意。

②百忧解属口服抗抑郁药。

③雷蒙·拉迪盖（1903—1923），法国作家，其代表作有爱情名篇《魔鬼附身》和《德·奥热尔伯爵的舞会》。

每一种心境都是你人生的礼物

chapter two

静能量

篇 三

人生最大的命题
是如何找回自己

生命之水从黑暗中涌来

勇敢迎接，别落荒而逃

黑夜的旅行者，满身光辉

你也一样；跟紧了，别掉队

——节选自鲁米《追寻黑暗》 胡敏／译

用正念填满你生命的空间

人生最大的命题是如何找回自己

>>>

你一直都搞不清楚自己是否真的喜欢那些减价促销、年末的各大节日①或购物活动等。有时你喜欢随波逐流，跟随着这股肤浅同时也很欢乐的大潮，给自己买新衣服、新物件，享受它们带来的好处。但有时这一切却会让你感到郁闷，甚至恶心，或者至少会让你感到莫名其妙的不舒服。

你还记得一个星期六的下午，你就有这种感觉，心底突然涌出一股巨大的悲伤，当时正值商场打折促销。那时的你正站在人行道上，手里提着许多袋子，正准备冲向另一家商店。突然，你恍然大悟，意识到自己所做的一切是多么荒唐，你的心超脱了这个场景，超脱了促销，超脱了所有你不假思索抢购来的东西。你超脱了这一切，或者换句话说，你找回了自己。你突然觉得自己很空虚，内心很空洞。你问了自己一些奇怪的问题：我真的需要这些玩意儿吗？购物真的能让我感到幸福吗？它们就是我想用来填满我生命的东西吗？它们就是我们人类社会要去追逐的目标吗？工作得越多就是为了买得越多吗？我这么活着到底是屈从于什么或屈从于谁？

甚至不需要回答这些问题你就已经知道答案了，打折促销什么的对你来说都已经结束了。不过你还不至于把所有买到的东西都丢到地上，虽然你很想这么做。你留着这些东西，然后平静地往家走，路上还轻轻哼唱着年轻时的一首老歌，歌中唱着爱情，唱着清凉的水。你找回了自己……

当今社会无节制的物质主义对我们的精神健康构成严重威胁。就像有空气污染、水污染、食品污染等影响我们的身体健康一样，也有一些污染是社会污染，它们干扰了我们的精神生活。

物质主义最重要的价值便是拥有权力和社会地位。它更看重"有"而不是"是"，看重"做"而不是"活"，看重"看"而不是"品味"。除此之外，消费被视为满足我们需求及愿望的手段。

任何社会必然有一部分是建立在物质主义（它也能带来些好处）的基础上的。近现代社会更是如此：首先是20世纪60年代以来的"消费社会"，它到了20世纪90年代后便转为"超消费社会"，因为物质主义社会不再只停留在满足人们的需求了，它不知疲倦地试图创造新的需求。过去的广告往往只是推荐一样能满足某种需求或者解决某个问题的产品，而现代的广告除此之外还创造一些不存在的需求，或者为某个产品配上一个令人羡慕的生活做背景：宁静，因为有这辆隔音汽车；享受，因为有这杯美味的咖啡；高雅，因为有这个富丽堂皇的沙发，等等。在我们的社会里，有只为不断提高我们消费欲望的智囊团和机构（如营销部门和广告公司）。其途径便是影响我们的心境。研究证明，一个人越是悲伤，当他的思想被引向自我主义者所操心的事时，他购物就越多。我们的社会不断奉承着每个人的自我，提供众多可以选购的商品，而在这样的社会里，上述反射就更容易发生了。

方便、快速、分散和富裕阻碍了我们慢的体验和自省。它们影响了我们反思自己和调节自我内在平衡的能力。于是，我们的内心陷入了大混乱——我们的心境被分散了，变得困惑、肤浅、不知足，开始依赖于那些商业娱乐的东西。这一切不是富裕，而是污染，是对我们内心的入侵，它影响的不仅仅是我们的消费行为。它就像塑料或杀虫剂一样，会在我们体内慢慢积累。这就是为什么所有研究得出的结果都趋于一致：一个人或一个人类群体被物质主义的价值观改变得越多，他或他们就越可悲。事实就这么简单。

物质主义驱除了我们身上那些构成我们身份及人性的东西，很久以前就有诗人率先拉响了这个警报。可惜的是，我们从不听诗人的话。美国哲学家梭罗曾在森林深处的一间陋室里居住了两年，他是这么写的："我觉得我们的思想正不断地被庸俗的东西亵渎，结果便是我们整个思想都带有庸俗的味道。"还有："一旦人们谋得了一样不可或缺的东西，就可能去谋得一些多余的东西，我们就这样一次次地冒险，最终生活变成了现在这个样子。"尼采则走得更远一点："并不是所有的人类机构都是用来阻止人类感受生命的，因为人类思想不断地分散②。"要是他们看到了我们这个时代，又会怎么说呢？也许就像齐奥朗说的那样："它是个富裕的噩梦。什么东西都难以置信地在积累、积累。物资丰富得直让人想吐。"

必须承认，物质主义社会还是有好的一面的：人们日常生活条件（暖气、电、自来水、浴室等）比祖先们要好得多，生活也更为舒适，交通也更为便利，使得人们可以去做更多想做的事（旅游，与我们喜欢的人或住得离我们远的人常常见面等）。另一方面，我们也没必要认为过去就十分理想：旧时的社会也有缺点，无聊和单调的生活会让人们变得头脑迟钝，而且各类集体的束缚（来自家庭、邻里和社会）缠得人透不过气来。今日社会的缺点却完全倒了过来：诱惑过多以及极度惧怕无聊，过度强调个人而打压集体，尤其是思想的不断分散。因此我们应该创造一种新的社会形式，而不是忍受现在的社会或者想着要回到过去的社会。为达到这样一个目的，人类的内心世界需要不断进步。之所以会产生现在这样的局面，是因为物质的进步比人们心理和精神的进步快，而且大部分的社会投资都是为了生产更多、消费更多，却没有注重提高精神质量，使得所有人都面临着道德危机。

古往今来，人类为保护自己的生命、植被和飞禽

走兽做出了不懈的努力，难道我们不应该为自己的内
心生活也做些什么吗？我们的内心生活也面临着很大
危险。

人 生 最 大 的 命 题 是 如 何 找 回 自 己

chapter three

没有现在以外的神秘；不强求那做不到的事情；没有魅
惑后面的阴影；没有黑暗深处的探索。

——节选自泰戈尔《园丁集》 冰心 / 译

修复自我的内平衡

改变，从心开始

>>>

今天脑子里面一团乱。心情不好，闷闷不乐，什么东西都会惹恼你，甚至自己也会让自己很生气。这是因为你隐约觉得造成这种状态是自己的错。那些烦恼都只是日常的小麻烦，没什么是真正的大麻烦。但你还是觉得它们很糟糕，令人痛苦，甚至难以承受。对的，太多的小麻烦却没有好事情让你很抓狂。你不喜欢这种感觉，不喜欢这种杂乱无章的消极心境。这种感受非常强烈，有些人会整日整日，甚至整个人生都深陷于这种苦恼之中，比如说那些爱唠叨的人、悲观主义者、厌世者和爱发牢骚的人等。他们怎样才能带着这些消极心境继续生活在世界上呢？他们是如何承受这种难以忍受的、畸形的存在观呢？想到这里，你不由地开始同情他们。这种心态突然让你从郁闷中释怀，你的身体突然注意到——是身体在注意，这有点奇怪——好心情的存在，于是你开始展露微笑，轻声嘲笑自己是多么多愁善感，之前因为心情不好而耷拉着的脑袋也抬了起来。得了吧，不好的事情总会过去的，你对自己说。在内心深处，你非常清楚，不好的事情一定会过去的。

比起积极的心境，我们更容易产生消极的心境（担心、愤恨、气馁和绝望等）。因此，世界上任何一门语言，描述消极心境的词汇总是比描述积极心境的多。

而且，心境的不平衡与大脑的功能有关：从几千年前起，进化就已经将这种不平衡慢慢雕琢成形，它让我们将注意力放在对我们构成威胁，以及今后某日可能对我们构成威胁的消极或进展不顺的事情上，以帮助我们更好地生存下来。这就是为什么当生活很艰难的时候，我们会悲叹、会感到痛苦，但当生活美好的时候，我们不会欢欣地歌唱，或者至少唱得不够响亮。

生活中不如意之事引起的消极心境会比如意之事引

起的积极心境多出许多，举个例子：我们会因为热水器坏了而生气，却不会因为每天早上都能洗上热水澡而感到欢欣鼓舞。要做到后者，就需要我们通过训练提高头脑的敏锐程度以及心理的健康程度。当然，这项训练不可避免地需要我们付出一定的努力。

消极的心境让我们更关注细节，哪怕是最微小的困难，我们也无法面对，还容易钻牛角尖。因此，消极的心境常常会让人对某事过度地，甚至强迫症似地进行反复、细致的检查，特别是在那些已经有此类倾向的人身上，消极心境的这种作用就更为明显了。消极心境还会导致行动缓慢，例如我的一个患者曾经对我说，他常常在心情不好的时候感到自己做事拖拖拉拉的。确实，消极的心境会让我们较少关心自己或注意自己的健康（这和我们通常持有的观点恰恰相反）。我们会反复思考自己对疾病的恐惧，但是比起那些相对乐观的人来说，我们为自身的健康切切实实做的事就少得多了。

如果我们正面对着一些诱惑，消极的心境则会让我们沉溺其中：买一堆毫无用处的东西，吃或者喝一些令我们的精神立即变得愉悦的食品或饮料，如糖、酒、咖啡等。此外，消极的心境还会带来另一种危险：尽管我们的内在平衡存在基本的自我修复功能，但是当我们状态不佳的时候，消极的心境往往会促使我们进行自我惩罚或者自我恶化，从而陷入恶性循环中。相反，积极的心境能够帮助我们摆脱这种恶性循环。因此，当我们心情忧郁的时候，我们尤其应该在生活中制造一些小乐趣（读些抒情诗或者与朋友们聚一聚）。即使它们不会立刻让我们恢复好心情，但至少能够阻止忧郁和痛苦的心境产生，不让负面的心境转变为一种长期的状态。

人 生 最 大 的 命 题 是 如 何 找 回 自 己

chapter three

人类，就像海中的鸟儿

从灵魂之海浮出水面

地球不是海中鸟儿

休憩的最后一站

——节选自鲁米《无界之疆》 胡敏／译

幸福是否就是不幸的反面

幸福是生活的方法而不是目的

>>>

这是夏日的一天，气候温和，阳光普照，没有炙热的高温。街区很宁静，是一个平常日子，下午才刚刚开始。

你走在大街上，静静地感受着周围的宁静给自己带来的欢欣和愉悦，这份宁静已渗入到你身体里的每一个细胞中。你到了一个花园的栅栏前，看到后面有一栋房子，房子的百叶窗半掩着。虽然花园无人管理，却没有荒废，里面有鲜花、喷水壶等。

你停下脚步，有一刻你失去了轻松。你走近栅栏，一个奇怪的念头——不像是猜想，仿佛就是自己十分确信的想法浮现在你的脑海里：在百叶窗的后面，有人正在死去。你在刹那间仿佛看到这百叶窗后有一个卧病在床的老人，在寂静中悄悄结束自己的生命，而与此同时，院子中有生命正在绽放，快乐四处散溢。你站在那里呼吸着、倾听着。突然，你的心开始狠狠地跳动。你不太清楚接下来要干什么，是敲门，是逃离，还是哭泣？你觉得自己和这个简单、光明、使人安心的世界完全脱离了，你发现你在这个世界里还剩几分钟可以活。

你沉溺在这种情感的动荡中，你觉得自己似乎不应该去修正它，觉得它仿佛在自己耳边呢喃着一些非常重要的事情。

它对你呢喃道：从前，当这种关于痛苦和死亡的想法在你幸福的时候到来时，你会被它们干扰，觉得这些想法似乎与自己的幸福不相容，于是，你不遗余力地驱逐它们。那时这么做很简单，因为死亡和痛苦对你来说只是一些抽象的概念，离自己还很远。但现在，它们已是悄然接近自己的现实。如今当你想到死亡的时候，你能听到它们在自己身体里的回响。从此以后，你年龄逐渐增大，也因此变得更加敏感，尤其是对死亡。

它还对你呢喃道：不要想去驱逐你这种情感的动荡，要对你这时所感受到的一切打开心扉，收获此刻并将它带在身边。把这种情感的动荡当作一个小动物的遗体，或是对它身体的回忆，或是对死亡的回忆。否则，你不会再感到幸福，而只能成为幸福"瞎子"。

你的心不再猛跳。你一直在那里，就站在花园的栅栏前。你的呼吸顺畅多了。你感到自己更脆弱，也更智慧了。至少在一段时间内，你的精神里压载③了一种既痛苦又使人宁静的智慧。你仿佛在死者的国度里行走了一趟，如今又回到了生者的世界，这里阳光普照、微风和煦。

活着就很幸福。

感恩。

宁静。

现在你可以重新出发了。

人类的幸福与其意识的不可分离的两面性活动有关。

这种活动的第一个面与安乐有关：幸福是一种有意识的行为，意识到我们是活着的，意识到我们当下正经历的事情是令人愉快的。第二个面则与死亡有关：我们都是终将死去的人，并且我们都意识到自己是会死去的。这种意识能力能让我们超越安乐抵达幸福，但它同样也会让我们睁开双眼，看到幸福以及我们生命瞬息即逝的特点。幸福和恐惧可以并存。幸福是解药，能够医治我们对死亡难以忘怀的恐惧，因为它能给我们不朽，给我们一种暂停的、停滞的，甚至缺失的时间。但幸福同样也是强大且不稳定的——它终将会消逝，人也终将会死亡。

因此，幸福是一种"悲剧的"感受。在我们发觉某种命运或是宿命出现在眼前时，悲剧已然来临。悲剧便是接受并融合人类的厄运：痛苦与死亡。幸福，便是对"如何在痛苦和死亡中生存"这个悲剧问题的回答。

哲学家安德烈·孔特–斯蓬维尔[④]写道："所有抗拒和解、抗拒美好的情感，抗拒傻呵呵的或是老调天真的乐观主义的总和，就是悲剧。"接着他写道："生命就是生命，没有解释，没有上天安排，也不需要寻求宽恕。"是的，最后他表明："这便是可以抓住现实也可以完全放开现实的情感，在这种情感上还加入了想要抓住现实的愉快愿望。"哦，我们终于可以喘口气了。随即他又写道："至于那些声称幸福不存在的人，其实他们的观点只能证明他们从未真正不幸过。相反，见识过不幸的人都很清楚，幸福是存在的。"

我们极其需要幸福。保罗·克洛岱尔最出色地解释了其原因，他写道："幸福不是生活的目的，而是一种生活方式。"换言之，我们活着不（只）是为了变得幸福，而是因为我们能够变得幸福，至少时不时地会幸福。没有幸福，生命是难以忍受的，因为它总有着痛苦和失望，以及无情的终点。是的，生命是悲剧的，世界也是悲剧的，但是我们依然喜欢微笑，喜欢理智地前行，而不是苦笑着待在原地。况且或许幸福并不是悲惨，它只是压载了悲剧，幸福的所有价值、所有味道都拜压载所赐，后者也让我们时刻记着它是必需的，无法推脱的。

另一位哲学家克雷芒·罗塞告诉我们："所有对现实的接受存在于清醒与快乐的混合之中，该混合情感便是悲剧的情感……这种悲剧情感是现实唯一的给予者，只有它能带来承担的力量，这种力量便是快乐。"我们一直希望获得幸福，这种幸福不需要回避世事、隐居山林才能获得，也不需要我们用酒精、毒品、电子游戏或是繁重的工作麻痹自己的心境才能获得，要想获得这样的幸福，只需要接受世界本来的样子——它是悲剧的，即可。幸福不是一个我们必须蜷缩其中的纯理论泡沫，而该泡沫建立在空头保证之上——有一个专为幸福打造的世界。我们自身心境的智慧能帮我们理解这一点：不存在"四季如春"的内在性（即只有幸福的心境而没有痛苦的心境），只存在活生生的内在性，在这里，痛苦的心境突出了幸福心境的必要性。

人 生 最 大 的 命 题 是 如 何 找 回 自 己

chapter three

噢，疲倦的心灵

终被治愈

开启甜蜜的呼吸

因为永恒的时刻终于来临

——节选自鲁米《一个永恒的真理》 胡敏 / 译

灵巧地活在当下

别让自己的头脑变成思想的跑马场

>>>

　　一天，你在火车站的站台上等火车。你是真的在等：时不时地看手表，伸长脖子张望火车进站了没有，心里还问自己火车会从左边还是右边站台进站。虽然你明知道预计的出发时间是在10分钟以后。你问自己这趟车的始发站是不是这儿（如果不是，那么火车只会准点进站；如果这就是始发站，那么火车早该到站台了，自己就可以上车了）。

　　简而言之，你脑子里塞满了那些乏味的事情。幸亏你自己意识到了（并不是什么时候都会这么幸运）。突然，你觉得自己等火车就像小狗等它的食物一样。声明一下，你对狗狗们并无恶意，它们很友善，但不管怎样，人和狗不同。

于是，你对自己说："不能这样了，这真是'太无趣'了（孩子们常说的话）。"于是你调整了一下心态：与其正经做事情（等待），还不如只是在那儿，然后好好享受当下的时光。于是，你不去看时间，也不去远眺火车进站没有，你把注意力转向自己的呼吸，自己是如何站立，你慢慢地让自己站直，展开肩膀；然后你竖起耳朵，听到了许多声音：吵闹声、铁轨声、鸟鸣声；你用鼻子深深地吸了口气，就像动物刚刚从树林里出来一样，闻闻外面陌生的气味——钢筋水泥的气味飘浮在整个火车站内；你观察着这个春季早晨的缕缕阳光，观察着火车站一端货车缓慢地前进，观察着缭绕的烟雾，观察着车站的所有设施和远处的建筑。所有这些可以看到和感觉到的东西真是令人难以置信。

　　能够参与到自己此时此刻的生活，意识到当下生活中正在发生的一切是多么有趣且令人平静啊！当你登上火车的时候，你觉得自己从来没有这么宁静过。你并没有花过一分一秒来等火车，你刚刚经历了自己的生活。这种生活太纯净了！

　　通常我们没有真正地经历自己的生活，而是与之擦肩而过：心不在焉，心思放在即将要来的下一刻（我们等待、期望、不耐烦、预测、担忧），或者放在已经过去的上一刻（我们反刍、后悔、反复考虑），但都不放在当下这一刻。不能在绝大多数时候选择活在当下，这种情况如今被认为是促成焦虑、抑郁和其他阻碍幸福的因素。这就是为什么这个问题经常成为精神治疗学的研究对象之一，例如在"正念⑤冥想"这一框架下研究。

正念旨在让我们全神贯注地经历当下的生活，不带"过滤器"（我们坦然接受一切发生的事情），不加评论（我们不去评论事情的好坏，是合乎愿望的，还是事与愿违的），也不一味地等待（我们不去期望有什么事情会发生）。正念其实就是简单的两个字："临在"（更确切地说是"简单的临在"⑥），不过，要达到这个境界却不简单，它并不意味着消极被动或者盲目接受，它能让我们灵巧地活在当下，尽可能去摆脱约束（只要我们愿意），不管怎样，能让我们活得有意思。每个人都有正念这种能力。它或许是基于我们与生俱来的精神集中和开放的能力，不过通过训练我们也能获得这项能力。

以正念为基础建立起来的心理治疗方法其实由一系

列简单的练习组成，这些练习的目的便是帮助我们让思想逐渐留在当下这个时间、这个地点。第一个练习：坐下来、闭上眼睛，然后我们发现——自己的思想已经跑得哪儿哪儿都有了！这时请不要生气，我们认为这是正常的，思想天生如此，因为我们的生活让它养成了这样的习惯；此外，思想这么活跃有时也会带来好处——它会到处寻找要做的或要思考的事情，也会寻找要采取的行动。因此，我们不要因神游四方而生气，况且它有时还是有好处的。虽然它妨碍我们集中注意力了，但是别生气，重新开始吧。

当然还有许多不同形式和更加深入的同类练习：例如，将注意力集中到呼吸上，集中到自身周围的各种声音上，注意源自自身身体的各种感觉，观察思想的一举一动（它们如何出现、如何消失，想把我们带到什么地方）。记住，不要跟着这些思想，回到练习上来——简单地"临在"就可以了。做这些的时候，内心要有一股平静和浓厚的好奇心：不要评论，不要想着去拒绝或是挑起某种想法，就简简单单地接受一切、观察一切。

为什么这些练习与保持精神平和、与能够更好地生活有关呢？因为它们能让我们更好地了解自己的思想是如何运转的：它在不停地逃脱掌控（想到其他事情），不停地评论（"这个练习真荒谬""它很令我恼火，我做不到"），同时不断地分散（不停地被其他思想干扰）。而正念冥想能够让我们更好地接受这一切：这很正常，我们的思想就是喜欢这样到处"跑"。通过冥想，我们能以一种非常宁静的方式减少思想的"漫游"。

人生最大的命题是如何找回自己

chapter three

星辰的水车之下

你睡意正浓

注意那种沉重，小心……

因为生命脆弱而短暂

——节选自鲁米《离别之夜》 胡敏／译

锻炼与摧毁并存

我们没有理由拒绝苦难

>>>

　　你不大喜欢那些关于悲伤与痛苦的长篇大论。类似于尼采的"凡是不能毁灭我的，将使我更强大"之类的格言警句，只会让你稍微感觉困惑和恼火。你知道尼采有充分的理由可以说出这句话，因为他受够了苦难，但你还是不喜欢。

　　首先是因为尼采的话并非都是正确的。有时，不能毁灭我们的东西会让我们变成瘸子、受到创伤。虽然不是什么大的伤害，却足以让我们在"下一个打击会来自哪里"的忧心忡忡中噤若寒蝉。

　　其次，你丝毫不在乎要变得更强。对那些从地狱中凯旋的人所拥有的英雄般的、正当的、令人钦佩的力量，你不感兴趣，也不想要。如果你和其他人一起很不幸地身处兵营、集中营或者监狱中，你知道自己属于那拨回不来的人，属于那拨很快就牺牲的人，因为你们都是些过于脆弱、胆小的人。

你知道自己很脆弱，因此，当痛苦降临时，你只求它不要持续太久，不要伤自己太重。你只求渡过苦难时不要有太多的痛苦，也不要留下太多的后遗症，并且在走出苦难的时候，你不要求自己变得更坚强，而是只求能毫发无损，同时你也已经准备好了要重新过上幸福的生活。这可能吗？

是否应该区分一下痛苦⑦与苦难（souffrance⑧）呢？"痛苦"是难受的感觉或者印象的开端，而"苦难"一词则用来形容痛苦对主体造成的冲击。因此，遭受苦难是一个容忍、承受痛苦的过程。

有身体上的痛苦（任何人都经历过，至少经历过程度轻微的此类痛苦，如牙疼或者腰疼），也有精神上的痛苦（如哀伤或者失恋）。

痛苦来自解剖病变，并且其概念明确、毫无疑义，而苦难却不大相同，所有的苦难都有（且仅有）一部分与心理学有关。因此心境此时可以有发言权了，特别是在你掉入苦难和痛苦的恶性循环中的时候：痛苦让你自发地切断与世界的联系，并且将注意力放在自己身上，越是这么做，就越是助长了苦难，结果使我们的生活变成了一种苦难。此外，苦难会逐渐转变成对痛苦的反刍，然后又从痛苦出发，并不知疲倦地绕了个圈，再次回归苦难。

所有能避免痛苦的事都应该做一做，只要可能就不要放弃任何一个机会：除去鞋子里的沙砾，牙疼得厉害时吃片镇痛药，疾病转移时服用点吗啡。痛苦若能被消除的话就无须去忍受了：减弱它，最好消灭它。痛苦不会使我们成长，却会削弱我们；它不会充实我们，却会使我们变得狭隘或者贫乏；它异化了我们周围的世界，把我们关在了自己的囚笼中。与痛苦的斗争耗费了我们所有的精力。我们本应该做得更好。痛苦摧毁我们，使我们变得脆弱，而不是使我们变得更坚强。

而苦难则是另一回事了，它有两项最主要的东西：其一，原因，苦难的原因有时不可理解或不可改变；其二，我们与苦难的关系，该关系往往有一部分是可受我们自己控制的。

对每个人来说，正确认识自己面对苦难时应如何行动是十分重要的。当我接诊新病人的时候，我会和他一起花很长时间来检查他之前为了减轻苦难而做的各种尝试，辨别其中哪些是有效的，哪些又是无效的：药物？个人努力？我会观察他在面对痛苦时采取何种态度：消遣娱乐？投身行动？咬紧牙关？有时我也会问他："你能承受多大的苦难？"我这么做是为了告诉他、暗示他：我们或许应该朝着这个方向努力，而不是试图完全消灭或者战胜痛苦。但需要注意的是，我会清楚地向他解释我们一定要采取行动来面对苦难。苦难能使人变坚强吗？反正我可是一点也不相信，至少在这方面我没什么经验好谈。我遇到更多的往往是阻碍人成长，进而使人变得冷酷、贫乏的苦难。因此，我给出的建议不是忍耐，而是痛苦是我们生命中不可避免的一部分，一些苦难亦是如此。请接受它们吧，然后请好好学习如何就痛苦的原因采取行动，也请好好学习如何限制苦难的大小。我将之称为"在可避免的苦难上下功夫"。这部分的苦难有时很微弱（如牙疼），但通常情况下它很强烈（尤其是精神上的苦难）。但在苦难这份考验中，锻炼我们的部分和摧毁我们的部分并存。当你想要完全拒绝苦难时，请想想第一部分吧，不过也别忘了第二部分。

人 生 最 大 的 命 题 是 如 何 找 回 自 己

chapter three

视灵魂为源头

视万物为起源

只要源头不死

泉水自会不停流淌

——节选自鲁米《玫瑰之形》 胡敏 / 译

亲爱的日记

保持写点什么的冲动吧

>>>

  年轻的时候你每天记日记，最后你积累下了成册的日记本。通常你是在看了自传类的书后才开始记日记的。你还依稀记得自己在看完夏多布里昂①的《墓中回忆录》和儒勒·瓦莱斯②的《孩子》、马塞尔·帕尼奥尔的《父亲的城堡》③后，内心萌生了一股想要去写点什么的冲动。

  于是，你取出一本小学生的练习本开始写作。每写完一篇，你都把它们藏在抽屉的最底部，为了掩藏它们，你在上面堆了一沓作业纸或者旧草稿纸。你从来没有写完其中的任何一本日记本，但也从来没有放弃记日记。你心里很清楚，日记是属于自己的一个非常重要的空间，它记载着自己的梦、自己的各类心境，它就像生命的回音一样，给自己回味和思考的空间。你很喜欢重读自己的日记：有时你发现过去的自己和现在的自己是完全相同的，而有时它们会让你看到自己改变了多少，成长了多少。每次重读的时候，你都会因为再一次感受到自己灵魂最真诚、坦率的情感（痛苦也好、希望也好）而展露会心的微笑。

有时候，我们可以用自己的大脑做除了工作和娱乐以外的事情。如果不加注意，我们会让"为了做某事"成为自己大脑转动的唯一目的，并且忘记去感受自己的存在，忘记观察生命过程中的自己。就这样，我们不知不觉地过了大半辈子。有的人会说，没那么严重吧，还有另一半生命呢，即我们对周围环境的诉求所采取的行动、所做出的反应。然而，如果我们摒弃了自己的心境，对它们不加注意，那么我们将仍旧是一个简单的"生活机器"（保罗·瓦莱里[12]语）。不仅如此，一旦我们停止行动或者停止做出反应，我们有时就会感到空虚、忧虑或悲伤。

我们需要内省，需要看一看自己的内心。当然，如果太过注意自我，我们就会失去平衡，淹没在自我的海洋中。当然，光自省是不够的，我们还需要生活，因为我们的行动、遇见的各类人和事都会揭示或者教给我们一些有关自己的信息。也许比起内省来说，它们能告诉我们更多关于"我们究竟是什么"的信息，但对于"我们如何成为现在的自己"或者"它让生活成为了什么"等问题，它们能告诉我们的信息也许就比内省来得少了。

内省有很多种方式：停止做事并且找到一种适合自己的姿势，然后思考并感受；采用一项思考的技巧；记日记。

很多实验表明，写些关于自己的东西对我们的健康有益，它能够帮助我们平复感情，特别是在遇到困难和坎坷的时候。它能将我们的生活经历转化为文字和故事，能够增强事件和心境的连贯性，如果生活中缺乏这样的连贯性，那么心境很可能就会带有一种含混不清和未完成的味道。一项研究曾对说、写和思考痛苦这三种人生经历进行了比较，结果明确显示：将痛苦的人生经历写下来，或者与人分享要比独自思考的感觉好。为什么独自思考常常没多大用处呢？因为它会很快发展为反刍！而通过写作来进行反刍就不那么容易了，因为当我们将反刍的内容写在纸上时，它的荒谬性和负面影响就会一览无余地呈现在纸上，我们很容易意识到它的这些弊端。而当我们在脑子里反刍时，它的弊端就没那么容易被发觉了，我们的思想就会容忍它的荒谬性和负面影响。

事实上，写作能够起到有益心理健康的作用，原因之一在于，当我们写作时，实际上是将痛苦的经历重新组织了一下。如果没有这个重新组织的过程，我们的心境往往会处于无序和混乱的状态。因此，强迫自己将这些混乱的心境写成连贯的故事能够起到有益的作用。

如果我们相信自己的心境是有意义的，哪怕只有一点点意义，那么私人日记则是绝佳的观察站点。美国作家梭罗将他的日记称为"心灵潮汐的日历"。法国作家儒勒·列那尔认为，记日记的天职便是作为一个可供我们研究自我的地方："我们的日记不应只是无聊的闲扯，龚古尔兄弟⑬的日记里就有太多的闲扯了。我们应该用它来塑造我们的性格，不断地调整、纠正，使它们始终走在正道上。"

不如，让我们重新开始记日记吧！

人生最大的命题是如何找回自己

chapter three

①指圣诞节等节日，在圣诞节时人们常常会互赠礼物。因此商家借此机会大搞打折促销，引得人们蜂拥抢购。

②思想分散，与思想集中相反，指思想越来越多样化，难以有较为统一的思想。

③压载，本意为给（气球或船等）装载压载物/压舱物。

④安德烈·孔特-斯蓬维尔（1952—），法国哲学家，认为自己是唯物主义者、唯理主义者和人道主义者。

⑤正念，原为佛教用语，被运用到西方的现代心理治疗中，可解释为如实地、不加任何批判地明了自己当下的心理、身体状态及其变化。

⑥简单的临在，就是说不要有任何强迫自己身心在场或者其他刻意的行为，简简单单地接受一切、观察一切即可。由于"临在"既可作为名词又可作为动词，因此这里即可译为"简单的临在"或"简单地临在"。

⑦痛苦，可以指肉体上的痛，即"疼痛"，也可指精神上的痛，即"痛苦""悲痛"。

⑧法语中"souffrance"一词有精神或肉体上的痛苦之意，肉体上的souffrance包括疼痛、恶心、呼吸困难等；精神上的souffrance包括焦虑、哀伤、仇恨等，它与痛苦是近义词，为做区分，将其译为"苦难"。

⑨夏多布里昂（1768—1848），法国浪漫主义作家，其文笔优美，感情细腻，是浪漫主义的先驱。雨果少年时曾说："我愿成为夏多布里昂，或什么都不是。"《墓中回忆录》是以躺在墓中的已故之人的口吻回忆生前的种种事情，为自传体小说。

⑩儒勒·瓦莱斯（1832—1885），法国作家、记者，曾参加过1871年巴黎公社，《孩子》为自传体小说，回忆自己童年的悲惨生活。

⑪这里是作者笔误，应为《父亲的荣耀》或者《母亲的城堡》。帕尼奥尔（1895—1974），法国作家、剧作家和电影导演，这两本自传体小说均为作者回忆童年在乡村度假时的经历。

⑫保罗·瓦莱里（1871—1945），法国作家、诗人、哲学家。

⑬龚古尔兄弟，即19世纪法国作家爱德蒙·德·龚古尔（1822—1896）和弟弟儒勒·德·龚古尔（1830—1870）。

篇四

再不"疯狂",
我们就老了

夏天的飞鸟，飞到我的窗前唱歌，又飞去了。

秋天的黄叶，他们没有什么可唱，只叹息一声，飞落在那里。

——节选自泰戈尔《飞鸟集》 郑振铎 / 译

智慧①

再不"疯狂"，我们就老了

>>>

　　有时你会没来由地生气，或者为鸡毛蒜皮的小事生气。有时，你决定得太快，而有时却无法做出决定。有时你会做不少傻事：吃太多东西，喝太多酒，花太多钱，说太多话；不能克制自己，或不想克制自己，又或者不知道如何克制自己，或事过之后，你觉得后悔了。你对自己说，你表现得不理智。你是多么希望自己能更理智一点。

　　你颇为吃惊地看到我们的时代颂扬的是疯狂，尤其是它唯利是图的喉舌——广告："疯狂一点吧！""给你自己来点疯狂吧！"疯狂，很简单。不需要学，也不需要别人推一把。至少你的情况是这样的。那么智慧呢？你的疯狂似乎总是自发的、自然而然的，但难得的聪明时刻却似乎总需要付出不少努力。在课堂上，你表现得很乖巧，因为你害怕老师，也因为这么做能讨老师欢心，其实这还因为你表现很乖巧的时候，你会觉得很舒服。你觉得智慧似乎能比疯狂带来更多的幸福。疯狂的行为能让人兴奋，能减轻负担，能带来快活和享受，但过后便是痛苦。而智慧，在你看来，则为生活奠定了更好的基础。

于是，你渴望一种相反的平衡，你希望成为一个智慧的人，能够时不时地放松一下。你在某处看到拉罗什富科[②]的一句箴言："活得丝毫不疯狂的人，其实并没有他自己想象得那么聪明。"的确如此。或许你还想补充这么一句："活得不聪明的人不能很好地品味疯狂。"你那些关于智慧和平衡的梦想让你自己笑了。但你对自己说，你终有一天会实现这个梦想的。

我喜欢"智慧"这个概念，只是单纯地喜欢它，也许是因为人有时候会去喜欢一个他完全陌生的概念吧。当今的哲学家十分提防"智慧"这个概念，提防它的益处以及探求智慧所带来的利益，他们着重强调自己不信任任何采取聪明姿态的人。布莱兹·帕斯卡[③]说过：

"欲做天使者是傻瓜。"同样，我们的时代似乎也在暗示，欲做聪明人者是傻瓜，或是过于天真。结果，"智慧"这个词与"幸福"有点同病相怜，几乎成为一个贬义词，专门用来形容那些愚蠢的、没教养的、笨拙的或是利用人类天真的人。

但对大部分人而言，智慧是一条我们都想走的路，我们不愿意说自己"聪明"，但我们愿意变得（在付出不少努力以及积累了足够帮助我们检验自己是否聪明的人生阅历后）"更聪明"，这二者可不是一回事。后者意味着我们想要朝着更好的方向不断进步，这样，我们的错误和迷茫才有意义，它们能让我们不断地靠近更好的事物，换句话说就是减少痛苦。

另外，各种束缚让我们不得不谨慎对待智慧：谁敢说自己是非常有智慧的？谁敢认为自己永远都是聪明的？谁不觉得智慧只是一个短暂的状态？相反，为什么要变得更聪明呢？既然如此，我们该怎么做呢？

每个人在他一生的某些时刻里，都会说出一些颇具智慧的话，或者做出有智慧的行为。观察人类总体的智慧行为或者智慧的话语，其实与盲目地支持某些或许有智慧的大师一样，这些大师其实并不是在所有领域都是有智慧的，也并不是每时每刻都是智慧的。不过前者倒不失为积极心理学所倡导的一条追求智慧的道路。为了了解智慧，积极心理学不是主张我们选择听或者读伟大的哲理性演说或作品，而是当场观察这些智慧是如何被表达的。

一个关于智慧的实验可以更好地说明这个原理。实验人员告诉志愿者，一个15岁的女孩目前想要结婚。除此之外，实验人员就没有提供其他任何信息。志愿者们如何看待这个问题呢?

从他们的回答中我们选出两个样本，一个被认为是有智慧的回答，另一个是不太智慧的回答。

不太智慧的回答："15岁结婚可不是个好主意。应该告诉这个女孩这种婚姻是不可能的。"

有智慧的回答："表面上看，这很简单。一般情况下，15岁结婚不是一个好主意。不过对一个第一次恋爱的女孩来说，这么想想也不错。但人生中总有些特殊情况，也许这个小女孩的情况比较特殊，比如她想结婚是因为她得了不治之症，活不了多久了;或者她刚刚失去双亲;再或者她生活在另一个国家，有不同的文化背景;又或者她生活在不同的历史时代。"

我们看到有智慧的回答（除了它比不太智慧的回答更长、更复杂外）表现出很大的让步，尤其是在有很多不确定因素及信息不完整的情况下，能够在表态之前先考虑多种可能性——弄明白这个女孩是谁，她的具体情况是什么，住哪儿等等。

在日常生活中，智慧便是，比如说，倾听并理解对方的话后再评价他们。很容易？呃……实际上，对大多数人来说，听对方讲话其实只是为了准备自己的回答和论据。因此，智慧需要有一个前提，即要达到一定程度的透明，同时忘掉自己：先不管自己的即时兴趣和观点，把它们当作是个人观点，而不是人尽皆知的道理。

因此，一个很好的教我们变聪明的方法便是，认真观察日常生活中那些我们认为是聪明的态度。一个小女孩（6岁）看她的两个姐姐（8岁和10岁）在抢小车后排的两个好座位——靠窗的两个座位，而不是中间的位子。这个小女孩看到她们吵得没完没了，而且爸妈开始生气了，她便牺牲自己："我来坐中间这个位子吧，这样我们才能上路。"事实上，小女孩也很喜欢靠窗的位子。她这么说是出于多种有趣的原因。在促使她做出让步的各种原因中，感觉又占了多少比例（"我受不了这些争吵了，这让所有人都不愉快"）？理智占了多少比例（"她们正在惹怒爸妈，如果爸妈真的生气了，我们的旅行就会很糟糕"）？智慧占了多少比例（"总之，这个座位之争太荒唐了，坐中间也没什么不好的"）？父母看到最小的女儿让着两个大女儿时，是否应该感到担心呢？或者他们是否应该为小女儿能表现得有智慧而感到开心呢？因为不久之后，等争斗平息了，小女儿就会和两个姐姐和气地商量换座位，从而可以不要整个旅途都坐"不好的"位子。最后，她不仅平息了一场争斗，还找到了公平的解决办法。

　　另一个好范例（我喜欢收集关于智慧的好范例）：几年前，我曾经受一家医疗咨询所的委托去完成一项关于抑郁症的调查工作。该公司的活儿催得急，而且工作量大。当时是周四，他们要求周一交结果。这就意味着我整个周末都要用来工作了，而且要昼夜加班。当然，因为工作是加急的，而且工作量大，所以报酬丰厚。再三犹豫之下，我下定决心拒绝他们：我周末排满了好多家庭活动，如果都取消了势必会让我（以及我的家人）感到很痛苦，而且也很麻烦。于是我找到一个圣安娜医院④的朋友，想让他来做这项工作，并向他说明报酬挺吸引人的。他礼貌地听我介绍这项工作，但当他了解了情况后，便毫不犹豫地对我说："不行。"他甚至还补上了一个微笑，说："我宁愿付同样多的钱来拒绝这个活儿。"

最后，我们终于在同行中找到一个既有时间又有精力的年轻单身汉来完成这份工作，这样他即使两晚不睡，全靠咖啡因过，周末完全毁了也不会给其他人造成痛苦。事后，第一个同事的智慧让我思考良久：没有丝毫犹豫，他更喜欢用幸福来充实自己的周末，而不是金钱。

再不"疯狂"，我们就老了

chapter four

使生如夏花之绚烂，死如秋叶之静美。

——节选自泰戈尔《飞鸟集》郑振铎／译

学会撒手、学会放弃

让自己活出更多种可能性

>>>

　　一天，你生病了，病得很严重。一场突如其来的流感让你不得不卧床两周，病得这么重对你来说还真少见。在这段卧病在床的漫长日子里，在这段别人都在工作或上学的寂静日子里，你回想起了以往的旧时光。

　　当你还是孩子的时候，你很喜欢生病——发烧或者头晕。毫无疑问，你喜欢生病是因为这样你就可以不去上学了，还可以得到家人的特别关怀和照顾。你喜欢生病还有一个原因，那就是这些疾病给你带来了一种不寻常的精神状态。你记得生病时，自己看待周围世界的眼光非常特别，既置身其中又袖手旁观，就像被麻醉的人一样，既没有对到来之事做出反应的能力，也没有去干预的意愿，这是一种泰然的淡漠。坐在客厅的沙发上，你观察来来往往的人，听着他们的交谈，你是所有你没有被邀请参加的事件的观众：摆餐具、整理房间、讨论等。这些事件发生时你都在场，却如隔岸观火；你目睹了家庭日常生活的种种，却没被牵涉进去，就像幽灵一般。奇怪的是，这种状态并不令人痛苦或者令人难堪，相反，它还挺有趣！

如今当你生病时，你开始以成年人的方式应对了。首先你倾向于将生病认为是一种不足，妨碍了自己正常的生活，夺走了自己的一些东西，让自己做事没有效率。你已经失掉了儿时接纳的能力了，这种接纳能让你习惯这些淡漠的时刻，让你学会撒手并不会将之视为消极行为。不过，回忆过去的事情能让你的心情变得愉快起来，不由得展露笑颜。于是你开始思考。就这样，你强迫自己带着好奇和接纳的心情来习惯这些卧病在床的时光。你试图找回儿时因发烧而对外界淡漠的那份智慧和宁静，找回淡漠所拥有的那份甘甜、令人平静的滋味。你想到了平日里想要撒手、放任自己什么也不做的种种困难。现在只有疾病能够帮助你克服这些困难，有机会撒一回手、"无所事事"一次了。小时候你知道借生病的机会无所事事是不对的，但现如今你的身体让你明白：应该学会撒手，即便是你没发烧到39摄氏度，也应学会如此。

当我们想掌控自己生命历程的时候，常常会让自己累得筋疲力尽。在焦虑的心境的影响下，我们会误以为掌控生活是个有效的解决办法，能够应对生命中所有不测的风云，以及未来的种种不确定。但是，要将万事均置于自己掌控之下的这种想法，只会让你产生精疲力竭的感觉，感到要做的事情自己永远也做不完。我们给自己判了刑——永远忙碌。我的一个患者曾这么对我说："有一天，我意识到自己永远摆脱不了忙碌，再也无法继续面对一切了。于是我做出了一个唯一可行的决定：不再力图面对一切（仅仅如此，再简单不过了）！我决定我应该学会容忍没做完的事，学会接受自己永远不去做完它们。在刚开始时，这很难做到。坐在沙发上听着音乐，看着或者联想着家里所有需要修补的东西，抑或是自言自语：'我没有尽力辅导孩子们的数学功课……'这一切都让我想要从沙发上站起身来并告诉自己：'我没有权利坐在这儿，因为这些事都没完成呢。'但是我强迫自己留在原地，我对自己说：'我有权利让自己休息一会儿，即使这些我该做的事情还没做完。'于是，我仍旧坐在沙发上听音乐。渐渐地，我开始放松。之后，我用同样的方法对待各类小事。与我之前的预言相反，时不时地罢手没有让我成为流浪者⑤，也没有过度放纵自己，而是让我活得更酷了。"

啊，焦虑之人总有无数"要完成的任务"！当我们焦虑不安的时候，世界在我们的眼中只能由无数的"要完成的任务"构成。因此活着便成了烦恼，休息或者无所事事便成了罪孽。如果我们这么想：只有当你完成所有工作的时候才能休息，才能放松一下自己，那么我们就等于将生活变成了地狱，或者说是苦役监狱，而我们也让自己沦为了奴隶。

唯一的解决方法只能是：接受世界无法被掌控这一事实。要做到这一点，我们需要不懈地努力。它并不意味着放任所有事情均陷于混沌无序，当你建议焦虑者稍稍罢手，不要所有的事情都去完成时，他们往往会将你的建议演绎到极端，目的在于向你证明你的建议不可实施，甚至很危险。"罢手？你要我对什么都满不在乎吗？你要我什么都不管了吗？好吧，我答应你，不过你就等着看结果吧。"不，罢手并不要你从一个极端走向另一个极端，我们应该在管得太多和管得太少之间找到一个恰当的平衡点。我们应该明白自己不是万能的，无序和不确定更是我们所在的这个不断运动变化的世界所固有的属性。如果我们不去学会容忍这些无序和不确定，那么我们将会活得非常累。

所以，我们应该接受"永远也完成不了的事情有很多"这个事实，或大或小：从我们永远没有时间整理的相册，到我们永远不会去的国家，等等。我们是时候给我们的"无所不能"、给生活中的各种欲念办场"葬礼"了。伤心了吗？是的。但这份悲伤总没有因神经紧绷而孕育出来的空想（即什么都做）所带来的紧张来得痛苦，而且前者能比后者带来更多的产物。在治疗法上，我经常和患者开玩笑："我有一个好消息，你们所梦想的无忧无虑的世界的确存在。我还有一个坏消息，这个世界叫做天堂，遗憾的是，你不能马上到那儿。不过我们可以试着在一个世界中凑合着过，它就叫做生活。"

这就是爱：飞向神秘的天空

每时每刻都会令无数的面纱脱落

首先，生活，随它去吧

最后，就算没有双腿也要迈出一步

就当这个世界不存在

无视你所看到的一切

——节选自鲁米《无足行走》 胡敏／译

安静和活力并存

吃得下饭，睡得着觉，笑得出来

>>>

你很喜欢自身安静和活力达到平衡的时刻，这些时刻通常出现在春天或者夏天的清晨。你起得很早，万物俱寂。你觉得自己就像一只健壮而又充满活力的动物：安详、平和又宁静。但同时你也充满了活力，一种安静的活力。

在很长一段时间里，你都以为活力就等同于兴奋、激动。当你用最大的音量听音乐时，你觉得自己充满活力——或者当你非常迅速地行动时，当你同时做多件事情时，甚至是喝咖啡的时候，你都会觉得自己充满活力。但过了一段时间后，所有的这些事情都会让你变得神经紧绷、多动。为什么会这样？因为你把"活力"和"神经紧张"弄混了。

但是反过来，你还是会犯同样的错误，你认为安静便是缓慢，便是无所事事，几乎等同于疏懒、无精打采。

今天你知道你可以既安静又充满活力了。就像你在花园里看到的那只猫：它伸个懒腰，然后轻巧地在草地上走着，肩膀和胯部如波浪般一起一伏，行动颇为从容安详，它是放松的，但也时刻准备着突然加速。这种安静和活力并存的状态正是你希望的一种常态。

那么如何靠近这种状态呢？

安静和活力可以构成一个有关幸福安乐的神奇方程式。

"安静"的概念往往让人想起没有烦恼和动荡的状态，但它并不意味着悲观消极或是退缩避让。它意味着认真专心，而非焦躁不安地处于周围环境之中。虽然安静是一种整体的状态，但是身体上的安静和精神上的安静是不同的：当安静存在于身体中时，安静便是一种放松但非完全懈怠的状态；当安静存在于精神中时，安静便是人在现场并能够观察四周而非昏昏欲睡。儒勒·列那尔在他的日记中写道："理想的安静存在于一只坐着的猫中。"——平静但随时可以行动……

而说到活力，这是一种行动或者预计行动的能力，能够感觉到行动是可能的，并且相信它能起到决定作用或者相信它是有用的。同样，内部的活力也包括两个方面：精神方面（想到行动时感到的信心与愉快）和身体方面（启动或者维持一个活动的容易性）。

对安静而言，与其相关概念相反的便是紧张了。紧张便是难以在精神上和肉体上感受平静。与活力相反的便是疲倦了。疲倦是那种感到自己身上再也没有任何精力的状态。紧张和疲倦是我们每个人常常会感受到的两种状态。

将这两个方面，即安静与紧张和活力与疲倦结合起来，就有可能很好地描述我们每天体验到的不同的总体状态，我们可以称为"精神和身体状态"。在我们每个人身上，这两个方面根据时间的不同而相互混合，最终达到四种截然不同的基本状态：安静和活力（最佳状态，至少对行动来说是最为理想的）；安静而无活力（即平静的疲倦，如睡觉的时候）；紧张和活力（我们可以称之为压力或者神经紧张）；紧张而无活力（既筋疲力尽又很有压力，无法放松以便很好地休息一下）。

我们可以开展某些活动或者培养某些态度，来让这个

"幸福安乐方程式"——安静和活力，在我们每天的生活中占据更多空间。这需要我们学会密切关注身体的需求，尤其是运动和放松这两种需求。要经常注意身体的需求，我们可能会忽略这些需求，而且如果这些忽略行为没有得到快速的惩罚（例如我们忽略吃饭或者睡觉，那么就惩罚自己不再睡觉或者吃饭，结果如何，你试试看吧……），而是慢慢地惩罚（情感失衡，并逐渐产生痛苦的心境），那我们可能会变本加厉地忽略。

因此，接下来我们会谈一谈维持心理平衡，以及保持心境正确"呼吸"的两个基本方法：运动和放松活动。

再不"疯狂"，我们就老了

chapter four

你把光投向我们，
就像阳光普照大地，
而我们的光芒穿透身体，
犹如生命源头一扇开启的窗。

——节选自鲁米《如阳光般普照大地》 胡敏／译

微笑的正能量

不为别人只为自己而微笑

>>>

一直以来，你都不大放心那些勉强装出来的笑，因为你知道微笑就和话语一样，都可以用来撒谎，用来假装。你也知道微笑拥有巨大的力量。除了自然表露的微笑和掩饰性的微笑（看我过得多好或者看我多有信心）外，还有使人平静或使人安心的微笑。你非常喜欢这些真诚、简单的微笑：当你迷路时，陌生人为你指路的微笑；当你害怕时，医生安慰你的微笑；当你担心打扰他而那人却热心接待你时，他脸上的微笑。你似乎从这些微笑中读出了某种平和、博爱、友善的信息：欢迎你，我们都是人类家族的一员。

一天，你看到地铁里的乘客们均是一副愁眉苦脸的样子，于是你快速地往地铁车窗看了一眼，发现自己也是苦着脸，忧郁而阴沉。此时此刻你没什么特别的烦恼，可面色却为何这般愁苦呢？为了摆脱这副难看的面孔，你不露声色地弄出了个微笑。你对自己说，那忧郁的面孔还是留给事情发展不顺的日子吧，而其他日子，即正常的日子里，还是试着保持微笑吧。尽管这种做法有点奇怪，但你觉得这个不为别人、只为自己的微笑对自己是有好处的。也许微笑不只对外在有好处，对内心也有好处。

在众多秘书处或者政府部门里都贴有这样的纸质标语："微笑需要牵动15块脸部肌肉，但苦着脸却需要牵动40块肌肉。请微笑吧，让脸部肌肉歇一歇！" 也许提出这句口号的人没有意识到，这句话是有神经心理学基础的。情绪学家们非常了解这种现象，即面部反馈，微笑正是通过面部反馈机制来稍稍增强积极的心境[⑥]。

此类研究中最有趣的实验便是，让你在看幽默漫画时用牙齿咬着一支笔（诸位读者不妨试一试，将笔横放，然后用牙咬住，你会看到自己的表情就像在微笑）或者用嘴唇衔着笔（这时你的脸就成了哭丧的面孔）。参与实验的志愿者们认为微笑时（哪怕是受了点强迫）

看到的漫画比起哭丧着脸时看到的漫画更有趣。以此类推，当我们微笑时能比哭丧着脸时更好地欣赏生活。

一个美好且感人的研究显示，在新近丧偶（约半年内）的人中，那些在追忆逝去的配偶时还能真诚地微笑（尽管遇到他或她去世这件事，但想到的还是两人曾经的幸福生活）的人，通常在两年后能够更好地恢复平静。这或许是因为虽然有悲伤、离别，但他们能回忆以往美好的事情或者两人共同经历的幸福时刻。尽管悲伤比欢乐多，但仍能微笑的这种能力会产生一种保护效果，如果微笑是真诚的且符合真实心境的，这种保护效果会更好。我们能够分辨微笑是真实的还是虚假的，那些"贴金"的微笑很容易被识别，如果是生硬的和无变化的，那就与内心无关了，很可能只是为了遵从社会习俗。相反，真实的微笑涉及整个面部，不仅仅是嘴，还涉及眼部周围的肌肉，而且这块区域的肌肉只能被真实的微笑控制，假笑时几乎不可能出现对称的收缩。

这种在悲伤占主导地位时还能发自内心地微笑的能力，与其说源自潜意识，还不如说源自智慧，这与爱唠叨的人或者悲观主义者的看法大相径庭。但是，做到这一点需要有两个必要条件：首先，笑与不笑应该由我们自由选择；其次，我们已习惯从日常生活的灰暗时刻中提取美好与幸福，不管阻力（约束、责任、义务，以及烦恼和痛苦）有多大。

在雨中微笑吧！

再不"疯狂"，我们就老了

chapter four

夜来了，我的脸埋在手臂里，梦见我的纸船在子夜的星
光下缓缓地浮泛前去。
睡仙坐在船里，带着满载梦的篮子。

——节选自泰戈尔《新月集·纸船》 冰心／译

享乐和幸福之间的关系

幸福不等于快乐的积累和重复

>>>

你不太喜欢那些"幸福教授"，他们四处展示自己追求幸福的能力，口若悬河，总想给别人上上课，虽然别人从未请求他们这样做。你很想去问问他们的配偶或者亲戚，他们是否真的在实践自己的"理论"。但是若有人温和地和你谈论幸福，讲述他们追求幸福时所付出的努力和对幸福的怀念，你会听得很专心。这无疑很吸引你！谁不会被幸福吸引呢？一天，你在办公室和一个朋友通了电话，挂断电话后，你没有马上就回到工作中去。虽然你快迟到了，但是你仍然腾出一两分钟时间，仅仅为了回味一下刚才的感受：与朋友友爱和亲切地谈话是一段甜蜜而愉快的时光。像这样，你给了自己一点时间来意识到这一点，让它进入自己，灌注于自己的心灵之中。当我们感到厌烦、不快或恼火时，我们会反刍，我们反刍担忧、反刍失望，但我们从不反刍微小的幸福。如果我们不在意识里多给这些幸福留些空间，又如何会对接下来紧张和沮丧的时候感到惊讶呢？

大部分关于"感到生活是幸福的"的研究都指出，这种感受与小的愉悦心境的出现频率和重复次数有关，与众多小小的幸福有关，而不是与情感的巨大波动和喜悦的强烈有关。幸福的组成，恰恰是一连串心情愉悦的时刻：与亲人共同度过的时光，在风景秀丽的地方漫步，振奋人心的阅读体验，触动心弦的音乐……如果我们能注意到这每一个愉快的时刻，而不是心不在焉地度过它们，我们便能将安乐升华为幸福。

很多心境都与幸福相联系：喜悦、轻快、信心、能力、和谐、充实、平和、宁静，还有归属感、友爱以及一切与社会关系相关的心境。因此，幸福就像一幅印象派的图画，所有这些积极的心境构成了细小的笔触，但是画中也有一些色彩稍暗的笔触，即消极的心境，它们使得最终的成画不是鲜艳的粉红色。它甚至从来都不会是粉红色的，至少在现实生活中不会。浪漫主义的诗人们不断地提醒我们这点，比如夏多布里昂曾有这样一句诗："舞蹈在死者的骨灰上进行，坟墓在欢乐的脚步中堆就。"幸福和悲剧总是相邻的，不会有永久的无意识或无忧无虑的幸福，伴随光明而来的总是些许阴影。

这就使得我们不能只将幸福视作快乐的积累和重复。我们还应当将幸福看作一种有意义的生活的结果。这两条路相互补充、相互增强，并且双方都需要彼此。幸福存在于快乐的时光中，但并不仅仅局限于此，幸福同样是这些快乐时光为了某种特定意义的融合。然而，除非是例外，要构筑一种充满意义的生命，就需要有精力、坚忍和信心。如果没有生活的喜悦和积极的心境，我们又要上哪里去寻找这种冲动和坚定呢？

如今，科学证明，幸福的心境有益于个人（表里）一致性，有助于越过道路上的障碍去领会生命的意义及其整体含义。多亏了幸福的心境，我们能够看到整片的森林，而不是孤立的树木；能够听见森林的生长，而不只是树木倒下的声音。

清空你的欲望之杯

这样你才不会遭人唾弃

停止向外寻找

开始审视你的内心

——节选自鲁米《清空你的欲望之杯》 胡敏／译

如何让心灵变得更强大

自我同情并治愈自己吧

>>>

几年前你傻傻地不小心摔断了手。当然，让自己骨折总是很傻的行为，不过这次更傻：那天是周日晚上，在自己家中，你穿着袜子跑着爬楼梯，手里还拿着什么，脑子里同时想着其他事情（其实你在想明天的工作）。你滑了一跤，听到骨头折断的声音，随之而来的是一股钻心的疼。你立刻明白自己骨折了。

你至今仍记得当时的第一反应不是立刻医治自己，而是骂自己傻。随后你感到极度不安，感到众多烦恼如海浪般朝自己汹涌而来：这该死的手骨折（尤其是右手的骨折）让自己什么事都不能做了。"现在我手头上还有好多事要做，今后也有一堆事，我该怎么办？真悲剧，不会有比现在更惨的时候了……"你很担心，不停地埋怨自己，觉得自己悲催、愚蠢透顶。你还很悲伤、很生气。

接下来的几天里，你都带着这种痛苦和仇视自己的不良混合心境过日子，直到你意识到情况还没那么糟，自己还能挺过（请相信，这是肯定的！）所有手骨折带来的不便。于是，你选择直面困难。之后一切很快就过去了。你还记得拆除石膏的那天，双手重获自由时的那种幸福感。

今天，当你再次回想当时为了接受（或者可以说是不得不接受）骨折这个事实所采取的各种办法时，你觉得那时的自己有点傻。生气是没用的，厌恶甚至恨自己，这种行为也很傻。没用、没用、没用……你不断地重复这个词，好像要说服自己那些都是没用的。你还责问自己当时怎么能再给自己多添一层痛苦呢？在骨折的基础上又多添一层为骨折烦恼的痛苦。你问自己为什么每次烦恼的时候，采取的第一个行动总是责备自己、斥责自己，并且感到恐慌不已。之后才擦亮双眼、采取行动，才明白事情没那么糟，自己能走出困境。虽然你现在能明白这个道理，但是在今后你还是应该懂得它，还是应该学会多爱自己一点，尤其是当自己遇到难题的时候，更要有这种意识，不能仅在诸事顺利的时候才这样做。

自我同情就是关注自身痛苦（而非忽视它们），想要减轻痛苦（而非想要自我惩罚或者断送自己），我们就要对自己友善并且体谅自己（而非冷漠、苛刻、轻蔑或者暴力地对待自己）。当我们跟患者谈及要对自己更有同情心的时候，一些患者显得有些担忧：这会不会是自我放弃、自我讨好或自我怜悯？不，自我同情完全不是这么一回事。

这么说是因为我们在研究自我同情的机制中发现：自我同情是建立在接受自身失败或者困难的基础上的，我们不会把这些失败或者困难视为耻辱、灾难或者是自身无能的证据，而是把它们当成生活中普通的事件，我们只需要尽自己所能做到最好就行。从这种意义上看，自我同情就与自我怜悯不同，因为后者涉及的主体认为自己是被不公正的厄运所重压的可怜人。正是出于上述原因，自我同情也建立在强烈的与他人相联系的情感基础上（这种情感也促进了自我同情的产生和发展），它有助于让个人的痛苦变成人们的共同经历。"发生在我身上的事也在其他人身上发生过或者即将发生。"这么想并不是为了让自身的悲痛消失，而是为了使其集体化，让众人来分担它、抚慰它，让它的力量弱化一点，最后再找到解决的办法。

因此，自我同情促使我们去寻找帮助或者慰藉，而不是埋怨或者惩罚自己。这就是为什么它是我们内平衡的一个基本元素。众多研究表明：对自己亲切友善一点，这对保持心理健康是十分有利的，尤其有利于增强生命的韧性。而且从长远，也就是从人的整个一生来看，自我同情是有决定性作用的——当我们面对逆境的时候，它能发挥定期的自我修复功能，因为我们是它的盟友，而不是它的敌人或者迫害者。

同时我们还发现，在食欲过旺以及抑郁、沮丧等心理痛苦的状态下，自我同情的功能会有所下降。而且我们也发现当上述情况出现时，患者与感同身受的精神治疗医师或其他病人（例如通过集体治疗）进行见面交谈会很有益处，尤其有利于修复和激发自我同情受损的功能。通过与他人接触，患者可以这样对自己说："我不需要为自己所遭受的痛苦负责，我不是唯一遭受这种痛苦的人，我没必要为此哀叹、呻吟或者惩罚自己。"之后他们也许会对自己说："自我同情并治愈你自己吧！"

①法语原文为sagesse，指一个人的学问和美德，对应的汉语释义可有："智慧""明智""审慎克制"，也可形容小孩在课堂上的表现，解释为"文静""乖巧"等。

②拉罗什富科（1613—1680），法国箴言作家。

③布莱兹·帕斯卡（1623—1662），法国数学家、物理学家、宗教哲学家。

④圣安娜医院，位于巴黎的一所著名的精神病专科医院，致力于精神病学、神经病学、神经外科学、神经影像学等领域的治疗和研究，创建于1651年。

⑤指既无工作也无住所的人。

⑥研究表明，当我们心情不好时，如果开始微笑，哪怕是强迫自己微笑，心情也会因此而稍微变好。微笑能起到这种效果是因为有面部反馈机制。

云雾遮满天空，雨也不停地下。我不知道我心里有什么
在动荡，——我不懂得它的意义。

——节选自泰戈尔《吉檀迦利》 冰心／译

宁静，是一种生活姿态

让·季洛杜①在他最美的戏剧《伊莱克特拉②》（古代悲剧故事，剧中多暴怒和谋杀的场景）的结尾处，借下列几个人物的口，用强烈的感情说出了下面这段对话：

伊莱克特拉：我们现在是什么情况？

纳尔塞斯女人：是呀，谁来解释解释！我从来都不会很快弄清楚状况。我觉得肯定是发生了什么，但是我却不是很明白到底是怎么回事。太阳升起来了——就像今天这样，所有的东西都被糟蹋，所有的东西都被洗劫一空，人们可以呼吸空气了，我们失去了一切，城市像在燃烧，无辜的人自相残杀，真正的罪犯在升起的太阳照不到的角落里步入死亡，这种时刻怎么称呼它呢？

伊莱克特拉：去问问那个乞丐吧，他应该知道。

乞丐：纳尔塞斯女人啊，这个时刻有一个很美的名字，就叫做"黎明"。

在经历风暴之后回归宁静。黎明，存在于你的大脑里。呼吸，再呼吸。成了，你实现了：宁静。

宁静。

宁静是不是不能补救现在发生的事情？当然不能。但实际上也没有什么需要补救、需要抹消或是重新开始的，一切都有待建设，就像每个清晨一样。

宁静不会持续很久吧？当然不会。但这也没什么：它会离开，但之后它会回来；它会发生"日食"，但之后也会重新迸发光辉；就这么周而往复，贯穿你的一生。

然后呢？

然后你就不晓得了。于是你又回到了黎明。呼吸，再呼吸……

①让·季洛杜（1882—1944），法国小说家、随笔作家及剧作家，
创立了印象主义的戏剧形式，强调对话和风格，不强调写实。

②伊莱克特拉，或译为埃勒克特拉，原名Electre，为希腊神话中的
人物，Agamennon和Clytemnestra之女，怂恿其弟Orestes杀死
母亲和母亲的情夫，为被两人谋害的父亲报仇。

当我们中有人迷路了

不在这儿，那他一定是在我们的心中

世上再没有像那样的地方了

——节选自鲁米《前方什么也没有》 胡敏／译

我们的心境是清醒的大门

　　以下几页文字是从2009年的《关键新闻》杂志上摘录下来的文章（已获得该杂志许可），是一篇帕特里斯·凡·埃塞尔（法国记者、作家）和克里斯多夫·安德烈（法国精神病医生和心理疗法专家，本书作者）的访谈记录。这篇文章对我们关于心境和宁静的研究而言是一个很好的引言。

　　《关键新闻》：你新书的名字很容易引人深思。《静能量》，对吗？我们以为自己了解心境，看到书名我们猜测你大概要给我们讲浪漫主义或者年轻人的忧郁心境了。但我们很快发现你所说的心境其实概念更广，因为你在序言中向我们描绘了这么一个小场景：一天清晨，一个小男孩踉踉跄跄地在路上走着，他正由爸爸陪着去上学。你向我们描述这个场景给你留下的短暂但是深刻的印象。虽然没什么严重的事情发生，但是仿佛有一刹那，你从小孩眼睛里感受到他的害怕。而这个"微不足道"的事情一整天都缠着你，让你的这一天仿佛都笼罩在一种特别的气氛之中。

克里斯多夫·安德烈：忧郁，毫无疑问是构成心境的一部分，但不仅仅只有忧郁。我把所有意识的内容（包括"背景"的情绪和思想，还有隐秘的、轻微的、中度的，好像什么都没有但能深深影响我们的这种感觉、印象和感情）称为心境。事实上，心境构建了我们的人性以及我们与世界的联系。但矛盾的是，我们对它们却没有给予足够的重视，而且我认为几乎还不存在有关它们的科学的概括。这不仅仅是因为"灵魂"这个词是科学的禁忌。现代心理学对情绪很感兴趣，也就是说对巨大的、实足的和完整的情绪很感兴趣，如愤怒、悲伤、欢乐等。当一种巨大的情绪住进我们内心时，我们便全部地属于它，一时间没有其他的空间给别的情绪了。情绪一般不会持续，但心境——某种程度上是"负情绪"——却可以持续几个小时、几天，甚至几个星期。

对于每种巨大的情绪，都存在一系列的心境：心境不是巨大的愤怒，而是小的恼火、隐隐约约的烦躁不安、轻微的不耐烦、稍稍撅嘴赌气……不是巨大的恐惧，而是小小的不安宁、忧虑、烦躁、担心……不是深不可测的悲伤，而是少许沮丧、一点忧郁、一阵惆怅。同样，从另一个方面来看，心境不是实足的兴奋或明显的欢乐，而是难以察觉的惬意、内心里的微笑、微微的轻快……从外面看这些"负情绪"似乎没什么分量，甚至微乎其微，而且当我们想表达它们的时候，觉得很为难。但是在内心经历过它们后，我们就会发现它们极其重要。

事实上，我们内心生活的本质成分是由心境编织出来的。就以你们生活中典型的一天为例，在这一天中几乎没有多少时候你是处于强烈情绪之中的，但是那些小的情感和小的心境骚动却一直跟随着你。当你起床时，心情的好坏可能会受到一缕阳光、几个音符或是爱人的无足轻重的评价的影响。当你走在街上时，你看到一个乞丐，看到他的眼睛和手，或是看到墙上的涂鸦，抑或是看到微不足道的街头"小短剧"，这些刹那间与那些你可能永远都不会再遇见的陌生人之间眼神或者言语的交流……你继续走，虽然这些事好像对你起不到任何影响，但某些东西已悄然走进你的心里，将伴随你一整天。它们也许会让你剩下的一整天都染上某种色彩。

这些"微不足道"的东西为我们的生活着上色彩

《关键新闻》：在英语中，心境是不是对应"mood"[①]这个词？

克里斯多夫·安德烈：是的，但法语中心境一词比英语的"mood"一词含义更丰富。"mood"是无言的情绪，会让你心情好或者心情坏。而心境则加上了一个言语的内容，加上一个由身体感觉、微想法、回忆和遐想组成的混合体。拥有最多各种类型的心境的"世界冠军"无疑是普鲁斯特[②]。那么他体验到了什么呢？他体验到的不仅仅是某一种"mood"。当走在小巷里凹凸不平的石板路上时，双脚不一致这一轻微的肉体印象让他回想起威尼斯的街道，之后一整个色调不浓也不淡的世界就出现在他脑海中。像普鲁斯特这样的人可以愉快、精心地耕耘着这样一个世界，但我们却只能是这个世界的臣民。

　　心境并非很容易控制，它们会有点固执地待在我们的心里。心境的来源多种多样，可以是身体上的、生活经历的、人际关系的或者精神上的……有些心境将我们与具体的东西联系起来，而另一些心境则将我们与精神上的东西联系起来。身体对心境有很重要的影响。一些研究表明，如果你问不同的人，生活中困扰他们的是什么，你得到的回答不尽相同，这取决于回答者是在走了20分钟的路之前还是之后回答你。走了20分钟的路之后，大部分的回答者会用一种更积极的方式来看待事物。不过"精神"的影响力也不小：一张面孔、一句话、一片天空、一声鸟鸣、一片随风飘落的黄叶都有可能改变我们的心境。与此同时，我们会有一瞬间的不确定：我们要不要欢迎并且接受这一刻呢？难道自己不是正在进入一种处于现实边缘的轻度的狂喜吗？难道不应该尽快忘掉我们之前不停在做的事吗？或者是不是恰恰相反，这难道不是一个正通过这个小天窗向我们招手的"真正的生活"吗？ 而今天剩下的时光都在无意义中流逝？心境就像十字路口一样，或像一个回音室，是外界和内在的接口，身体与心灵的接口，昨天和今天的接口，冲动和教养的接口，自己和他人的接口。心境也许就是我们意识最重要、最关键的食粮。

一旦入驻内心，心境就再也不会放开我们。

《关键新闻》：你在书中把心境分为两大类：让我们痛苦的心境和让我们受益的心境。不过虽然你这么分，但也没有认为心境是绝对的非好即坏，是这样吗？

　　克里斯多夫·安德烈：是的。我之所以进行这方面的研究，不仅是因为我对里尔克、普鲁斯特、佩索阿或者齐奥朗的喜爱，还因为我的职业——心理治疗医生促成的。在圣安娜医院里，我看过很多情绪紊乱的患者，尤其是抑郁症和焦虑症患者，他们的病不会妨碍他们活下去，就像精神分裂症不会危害患者的身体健康一样，不过它们确实妨碍了病人每天的正常生活。几年过去了，我逐渐转向"防止精神疾病复发"的治疗和研究方向。一些患者患上焦虑症或者抑郁症后，我们可以帮助他们成功地回到一个不说是完美，也可以说是足够适宜的状态，让他们的人生能够回到正常的轨道上来。但是这些患者却还是很脆弱，易受伤害，不能把握幸福，缺少自尊，这些问题在我之前的几本书中有详细叙述。那么如何帮助他们在这些急流之中站稳呢？

　　我发现其实有很多数据都显示此类患者有控制心境的困难。根据小时、日子或是季节的不同，他们很容易会反刍、感到忧郁或者怀旧、忧伤……这不是真正意义上的抑郁，也不是大规模的焦虑，它们的程度很轻。他们感到恼火、愤

179

怒，厌恶或看破红尘，他们放任自己被这些感情淹没。这些感情入驻他们心间后，就会持续很久，几个星期、几个月甚至更久，这一切其实都为重新发病做了铺垫。这也就解释了为什么要找出如何避免发生这一切的方法。也正是如此，像圣安娜这么一家医院才会采用冥想的方法。

但是在谈及如何做，尤其是如何冥想之前，我想要特别强调一下心境的一个特点，即它入驻人心及持续的特点。如果一辆车在路上超了你的车后又立即返回原车道（这是危险动作），你心里会突然腾起一股怒火，这股愤怒一时间占据了所有的感情，但它肯定不会持续一整天。可是心境却会一直持续着。假如别人对我们说了一句伤害我们的话，虽然他道歉了，却只是徒劳，因为这句话会一直留在我们的脑海里。它会翻来覆去地折磨我们很久："他说的是真的吗？我真的是这样的吗？这是不是一个信号，说明他（她）不喜欢我了？"一句微不足道的话就能让我们反刍很久。问题是，比起那些巨大的情绪来说，这些反刍通常微妙得多——因为反刍的原料（即事件）本身就很微妙：如幻想、感觉、印象、回忆等，而那些巨大的情绪则像生铁毛坯一样粗糙。巨大的情绪对于每个人来说都大同小异：受到巨大的惊吓时，我们都会生同样的气，做出同样的行为，而一个简单的担忧则会引发我们五花八门的反应。心境的精细特征也让很多消极的心境变得对我们来说很宝贵。有时我们会刻意去追求这些消极的心境。雨果将忧郁定义为"能够悲伤的幸福"，当我们的心境混合了矛盾的感情，就像处于"又甜又咸"的情感和精神状态一样，上述这种矛盾心境是可以成为一种财富的。但是过分迷恋痛苦的心境也可能是一种纯粹的"神经官能症"，比如，如果我们生活在一个充满愤恨或轻蔑的家庭里，致使我们只知道愤恨或轻蔑。但由于长期生活在这样的家庭里，我们感到只有在这样的氛围里才是安全的，只有这样的氛围才有家的感觉，而团结和感恩对我们来说是可疑的，让我们很不自在。因此这种消极心境造成了一种虚假的舒适感，我们应该做的便是赶走它们。

人们还是比较开心自己能活着

《关键新闻》：让我们谈谈该采取哪些行动吧。假设上述这种神经官能症的心境就是我惯有的内心氛围，那么我该怎么做呢？

克里斯多夫·安德烈：首先要认出它们。认出你内心的心境，理解它们，接受它们的起伏变化，直到某一限度。并且不要让你自己陷入陷阱，特别是别被词语引入陷阱。因为我们的心境一般来说是偏积极的，但很奇怪的是，我们用来描写消极心境的词汇比描写积极心境的词汇多得多。这种矛盾的现象在大多数的语言中都存在，语义学研究表明，这些语言中消极的形容词占了2/3，甚至3/4之多，他们描述烦恼、忧虑、不满意、气愤等等。然而，当我们仔细跟踪观察一个人群的时候——比如一些持续时间较长的"情感抽样"调查就能够做到，我们发现除了10%～20%真正有心理疾病的人以外，绝大多数人每天大部分时光都是处于偏积极的状态。

《关键新闻》：我们如何来衡量心境积极与否呢？

克里斯多夫·安德烈：衡量心境的工作量非常大。我们给数百个人装配上小型"哔哔机"，让他们把机器放在口袋或者包包里面，这些"哔哔机"在一天内会随机发出若干次"哔哔"声。当机器响的时候，我们必须估测自己当时的心境，然后按照机子上面一排的心境梯度按钮——从"欣喜"到"完全忧郁"——从中选出一个按钮来按。实验结果（该结果也顺带得到了幸福调查的验证）表明，80%的受访者总体上来说是比较幸福的，比较开心自己能活着。这个结果也比较符合逻辑：如果不是这样，我想人类早该自杀了！你也许会说，人类最终还是决定要自杀的，不过是以间接的方式，即破坏自然，但是数据还是摆在那儿的：人类总体上来说还是幸福地生活着的，至少那些没有正在经历个人或者集体悲剧的人，那些可以拥有"正常生活"的人，他们生活得还是蛮幸福的。即便是需要按照不同的规则来更细致地分析这个"一般情况"——如按照不同的文化水平来切分比较，也不会改变这个结果。有一些民族故意培养抱怨、培养对中庸的喜好，比如葡萄牙人的"忧伤"，非裔美国人的"忧郁"。我们怎么能拒绝承认这些抱怨的美呢？因此我必须承认，在我研究的某一特定阶段，我发现自己完全迷糊了：心境是一个无比复杂的世界，它好像能扩展到各个方向！

古人骗人的信条

克里斯多夫·安德烈：但是隔了一段时间以后，你会很快发现心境的很多方面在历史上只是新近才出现的。就像在人类文明出现前有史前人类一样，也存在一些"心理前"人类③，对于他们而言，我们现在所说的一切都是不存在的，至少他们还没有意识到。因此，这项研究不应该追溯得太远。我只研究我的父辈和很多20世纪六七十年代以前的现代人，他们的共同特点便是其生活都朝着物质化的方向发展。在那些20世纪六七十年代以前的人看来，无论男女，担心自己的心境是一种脆弱和自私的标志。这种拒绝任何形式的"感受内心"的行为在某些时刻，或许会给人带来更多力量——因为有"要么行动，要么死亡"这种想法的存在，但它同时也会给人带来许多痛苦。比如，很多人在退休不久后就去世了，这通常是因为退休让他们突然处于沮丧、抑郁的内心状态，而他们又完全不明白怎么回事。"心理前"人类通常认为活着就是为了做贡献，但是这种生活逻辑通常是隐晦不明且隐而不言的，人们可能都没意识到自己原来是按照这种逻辑来活的。

　　焦虑的人们以一种类似的方法发展了一整套"不宁静信条"，自以为这套信条能够帮助他们预防未来或将带来的种种威胁。对于焦虑的人来说，不担心是一个严重的错误，相反，我们必须要关注各种各样持续的危险，永远不能"傻傻地"欢欣鼓舞，永远不能降低警惕……这些心境消极的焦虑且悲观的人天天这么想着，但真正遇到问题的时候，他们的表现真的很好吗？一点也不，事实恰恰相反！出于"如果我

185

不是死于癌症，那么就是死于车祸"这种想法，那些悲观主义者和"有什么好的"主义者虽然心存忧虑，但无法为可能到来的困难做好良好的身体准备（如通过健康饮食、做运动等方法来保持身体健康）。于是，当危机到来时，他们是第一批倒下的。

不过，我们还没有弄清楚从20世纪六七十年代起发生的心理大爆炸在多大程度上丰富了人们的生活方式，不管是个人层面还是集体层面的。因为明白和平复我们内心状态并不是只会减轻我们的痛苦并让幸福充分发展，它对整个世界都是有益处的。我越是痛苦，我的注意力就越是局限于自己。如果我们没那么痛苦，那么我们就越能够对于自己周围的人或事感兴趣。更好的是，培养自己的积极心境是可以传染的。美国的一个实验就很权威地证明了这一点。该实验由詹姆士·H.福勒教授（加利福尼亚大学圣地亚哥分校）和尼古拉斯·A.克里斯塔齐斯（哈佛大学医学院公共卫生系）领导，实验报告于20世纪中叶发表。该实验从1983年起至2003年的20年间跟踪调查了4739人，定期评估每个人及其周围人群的安乐状态。结果令人吃惊：幸福就像流感一样会传播——不过消极的行为也同样会传播，例如暴力行为等。幸福会传播的这种现象明显表现为三个梯度：如果我是幸福的，那么我会增加我朋友们的幸福感，然后我朋友的朋友的幸福感得到增强，我朋友的朋友的朋友的幸福感得到增强，依此类推。在此过程中，增强幸福的能力逐层递减，直到完全消失。这种令人惊叹的扩散能力瞬间推翻了一个论断：关注自己及努力提高自己的生活水平是自私的表现（即便还有其他比较利他主义的让自己获得幸福的方式）。

当然我们的研究也不会想去消除所有的消极心境。此外，这么做反倒是个危害：消极心境能教会我们很多东西，能让我们看清自己的能力大小，看清自己还有什么需要改善的。相反，没有积极的心境我们也活不下去，积极心境不论对我们自己还是对他人而言，都是极为重要的精神食粮。

《关键新闻》：请允许我再回到"心理前"人类的这个概念。我们怎么能知道我们祖先的脑子里是怎么想的呢？一个启蒙时期的人，或者古代中国的人，抑或者一个旧石器时代的萨满教巫师难道不知道自己的心境吗？

　　克里斯多夫·安德烈：他们当然能知道自己的心境。人类自省的历史就和他本身的历史一样长，成为一个人，就是意识到了自己，这种"自反意识"（即意识到自己）让我们能把自己当成思考的对象。就像《吉尔伽美什史诗》④中一个古老的美索不达米亚神话一样：恩奇杜⑤通过意识到自己内心的不安与骚动从而由一只动物蜕变为一个人。但是我称为"心理前"的人，是所有不愿意也不想要"屈尊"关注自己的人（并不是否认他们是有感情和理智的）。不过研究这些"心理前"人类完全不需要追溯到史前！我们身边就有这些"心理前"人类，他们千方百计地不想好好观察自己：他们聊天，躁动不安，看电视，与朋友打趣，在家里修修弄弄，做体育运动，干活、干活、干活，什么都做，就是不自省。

《关键新闻》：接下来和我们谈谈如何实践吧。我们意识到要多关注自己的心境后，如何调整自己的这个不断波动的内心世界呢？你将自己这本书的整个结尾部分都用来写如何调整自己的内心世界，不知道这么多内容能不能用"冥想"这个词来概括呢？

克里斯多夫·安德烈：如果我们把"冥想"定义为一种心灵的训练（此外，在梵语中"冥想"就是这种意思）的话，完全可以用"冥想"来概括。我们很多年前就开始用"正念"的冥想训练方法来治疗患者。这里的"正念"与宗教或者哲学没有任何关系，我们只是让患者学会将意识放在当下的时间和当下的地点上。如何做到呢？我们可以借用禅宗描绘的一幅唯美画面来说明：从"瀑布"后穿过去即可。也就是说，我们让病人将所有的思想、情绪、心境都视作瀑布的水流一般，不要直接接触这些"水流"，而是保持几厘米必要的距离（这几厘米的距离可以保证病人不会直接被这些思想、情绪和心境驱使），然后让他们慢慢习惯去看这

"瀑布"在他们眼前汹涌地倾泻而下。这个过程就有点像登山者在山岩和瀑布中行走一样。这种方法很简单,不过在一开始的时候实行起来很困难。我们与自己的心境完全融为一体了,怎么才能把自己和它们分开呢?基本的技巧就是呼吸以及将注意力放在每一个细节上。对自己的行为和心理状态有尽可能清醒的意识,在此基础上来完成每一个动作,感受每一种心境。要全神贯注,焦虑、担忧的人,还有激动、极度兴奋的人都是易走神的人,他们要么是想着过去,要么是考虑未来。事实上,真的存在一些关于过度思考未来或反刍过去的疾病,这些疾病妨碍了人们的幸福……

我们闭上双眼,试着把注意力集中到自己的呼吸上,细心倾听自己周围的各种声音,但不要纠缠于其中,同时看着自己的思想和感受像瀑布一样流过。悲伤和看到自己正在悲伤,这二者可不是一回事。后者所包含的那一小点距离正是区别所在。这个距离能让我们看清自己的悲伤在什么范围内才是合理的,在什么范围内自己可以去悲伤,超出了什么范围后自己必须放弃悲伤。

在心理治疗学上，这些练习很有帮助。它们都是防止反刍的绝佳工具，能让你重新回到现实生活。如果你长期坚持冥想，那么你就能做到当自己正在走路的时候，突然停下脚步，去感受自己所处之地的美丽，去与别人进行目光交流，去听一段乐曲，去挺直自己的身体。长期坚持冥想，也能让你在自己光顾着反刍过去或者考虑未来，对自己周围的世界视而不见、听而不闻的时候，突然惊醒。

《关键新闻》：你把这本关于心境的书献给了马修·李卡德？

克里斯多夫·安德烈：这个人对我来说意义重大，我欠他很多。首先是因为他是我的榜样。其次是因为他帮助我发现并了解了佛教的哲学。不过我学会了心理治疗法上的冥想还得归功于我的北美同行们，比如乔恩·卡巴·金⑥（他是位伟大的先知和教育学家）和辛德·西格尔（多伦多大学精神病学教师）。他们两人连同弗朗西斯·科·瓦雷拉⑦，是20世纪

191

八九十年代最先将冥想引入科研的几位先驱者。在欧洲，心理学家卢西奥·彼兹尼（瑞士）和皮埃尔·费利伯（比利时）也扮演了非常重要的角色。当我们一开始在法国的精神卫生机构讲授冥想的时候，大家都困惑地看着我们。我们要么被视作疯子，要么被视作邪教集团！不过之后越来越多的研究和各类证据都来了。在圣安娜和其他医院，正念冥想最终成为精神病学和医学领域里被频频使用的工具之一。

我自己就经常冥想。当我起床的时候，我都会尽量花上10～20分钟来冥想。之后，在一整天中都能有意识地生活，为达此目的，有的时候只能一心一用。当我们吃饭的时候，不要说话，不要听收音机，不要看书，仅仅去品味食物的味道，品味喝的东西的味道即可。当我们正在走路的时候，不要打电话，仅仅去把注意力放在正在进行的动作上就行：走路时我们的身体在做什么呢？我的肺是怎么呼吸的呢？我的头是怎么摆放的呢？我周围的这些响声都是什么声音呢？晚上，当你躺在床上时，不要看杂志或者书，什么都不做就行。感受活着的自己，感受自己的身体在入夜前是如何呼吸

的。我刚开始进行这些练习的时候，晚上妻子看到我没有看
书，反倒躺在床上一动不动，脸上带着微笑，眼睛盯着天花
板，她就会问我是不是病了，或者是不是有点疯了！

我们告诉患者，这种"临在"的状态能让他们向自己、
向他人、向整个世界打开自己。它是"真正地活着"的必要
条件（真正地活着的对立面便是活得像行尸走肉一般，如果
我们只满足于做一个劳动或者消费者的话，我们的生活就是
行尸走肉般的了。）想到这些千百万年东西方共同积累下来
的智慧经验能对我们现代生活起到有益的帮助，在精神病医
院里也能发挥其作用，真是非常让人开心。

《关键新闻》：那些"伟大的圣人"是如何对待自己
的心境呢？此外，他们有心境吗，还是已经把心境都扫地
出门了？

克里斯多夫·安德烈：我希望你讲的不是我，呵呵！
在我看来，圣人，或者觉醒的人都是非常敏感的，而且对自

己的存在都有着充分的意识。我认为他们的心境是无穷无尽的，他们能在充分的意识中欢迎它们，但绝不会让它们主宰自己的判断和选择。他们知道如何与心境保持距离，也知道如何利用它们来拓宽自己的视野，扩大自己的同情心。当我们正念冥想的时候，如果我们能体会他人命运的悲伤，那么这就会让我们向世界更大地敞开自己。因此，我们需要在完全主观和完全否定主观之间寻找到一个平衡点。

说到智慧，它无所不在。新的心理学流派——"积极心理学"的研究者们做了很多关于智慧的有趣实验。例如，他们要求一组男性志愿者和女性志愿者回答一个类似于"有一个15岁的女孩想要结婚，你怎么看"的问题，你不知道大家的回答有多五花八门！很多人消极地回答："15岁结婚，多可怕啊！这可怜的孩子一定是遭受过虐待。"或者说"这件事一定发生在一个文明程度低得可怕的地方"。不过也有人回答："她这么做也许是有合理的理由。"或者"她的双亲可能都去世了，她刚好找到了某位可以托付终身的人"。再或者"她可能很快就要死了，她想在死之前结婚，因为这对她自己和她的男朋友来说都意义重大"。后面的这些回答我们都可以称之为是智慧的，此类的回答还很多。在我们生活的这个时代里，人们也许对那些可能的"圣人"越来越怀疑和不信任，那么我们就应该多注意身边的那些智慧的小行为，不论它们出自比我们年长之人还是年幼之人。就我自己来说，我的父母、朋友、孩子，甚至被我悄悄观察的那些陌生人都教给过我很多智慧的经验。

《关键新闻》：你排不排斥"灵修"这个词？

克里斯多夫·安德烈：我完全可以接受。我可以从两个角度来理解这个词：从我个人角度和从一个医师的角度来理解。作为精神病专家和精神治疗专家，如今要谈"灵修"是可以的，不过要非常谨慎，仅从科学层面来谈。我们知道，那些试图要让自己的生活摆脱物质主义的患者与那些将物质主义视为无法跨越的患者相比，前者的健康状况更好。在我最新出版的书里，我花了整整一章来谈论这个问题：完全物

质主义的社会（好比我们现在的社会）对于人的心理而言是
有毒的，能让人为之神魂颠倒。从这个角度来看，作为抗衡
力量的"精神"追求就有一个很好的缓解作用。当然，必须
去掉灵修中所有与宗教、教条或邪教组织有关的内容……

《关键新闻》：可不可以说是"无宗教的灵修"？

克里斯多夫·安德烈：当然可以……事实上，想要
准确定义"灵修"不是一件容易的事。从个人以及职业医
师的角度来看，这个概念意味着放手、谦卑，以及接受一
个对我们人类本性以及世界本性而言完全神秘的东西。这
里说神秘而不说"谜"，是因为谜还有被解开的时候，而
它真的是一个彻彻底底的神秘的东西。我无法再给出更多
关于灵修的理论定义了，因为我既不是哲学家也不是神学
家。作为补偿，我在自己的日常生活和临床治疗中观察
一些我觉得非常"精神化"的具体行为。例如，寻求非
暴力的交流，需要去弄明白其他人的感受是什么，同样

还有能活在当下和让心境在自己心里逐渐发展的能力。如果我偶遇一个葬礼，我是否会花上几秒钟对自己说："有个人刚刚离开了人世。有一天也会轮到我的。如果刚好是今天轮到我了，我会已经完成我的所有任务了吗？"我是否会用一个问题让自己被一些诸如死亡等的神秘、本质的事物入侵内心呢？在一株小草的嫩芽前，在一棵树或是一只跳跃的小鸟前，我是否能够让自己停下脚步，静心观察它们呢？这么做的时候，自己能否不只是出于这一幕很美这一原因，而是还能想到一万年前其他人也观察着同样的景物，希望一万年后人们还能做同样的事情，而我，到那时我身体化作的尘土又会变成什么样的呢？愿意去观察远远超过自己的事物，不感到害怕也不去试图控制它，上述问题的答案也就不言自明了。当然，我们也可以努力去更多地了解这方面的知识，相信科学，这些完全不矛盾。诚然，死亡这个概念本身就很不稳定，对那些从不考虑死亡和那些毫无灵性的人而言尤为如此！面对我们永远不会明白的事物能够感到深深的平静，能够提高人们广义上的安乐程度。

《关键新闻》：我想用你书中用到的两处引言来结束我们的采访。第一句是让·阿努伊[8]的话："人们常说：要进入你自己，要进入你自己！我试过了。不过进去之后里面没人，我害怕了，于是我很快地又退了出来！"第二句是埃克哈特大师的话："上帝常常造访我们，但大部分时候我们都不在家。"总而言之，你建议我们从第一句话的状态过渡到第二句的状态吗？

克里斯多夫·安德烈：阿努伊描述了一个非常普遍的事实：人们很难重视自己、思考自己。埃克哈特大师告诉了我们一个非常重要的道理，而我们在教病人冥想的时候，也努力把这个道理告诉他们。当然，不仅是病人，每个人其实都与之息息相关。是上帝造访了我们吗？其实是我们的朋友，他们向我们吐露自己的心声，但我们却不听，因为我们正想着其他事情。或者是我们的孩子，我们正给他们讲睡前故事，但人并不是真正地临在，因为我们的心已神游，在考虑各种烦恼。正念，便是能够对自己说："我正在给我的孩子讲故事。这个时刻非常非常的宝贵。"

或者说："我的朋友正向我吐露心声。我听他说话，然后尽自己所能帮助他。活着真是太棒了，能够两个人面对面坐着。"在这些时刻，对于那些想要打开心扉的人，一阵微风，一阵来自那些超越我们的事物的微风拂过了。我们的生命便是在这些简单的时刻中达到顶点。

①mood，名词，意为：心情、情绪、精神状态、思想倾向等。

②普鲁斯特（1871—1922），20世纪法国最伟大的小说家。代表作为长篇巨著《追忆似水年华》。

③"心理前"人类，借用"史前"这一概念，指心理处于比较原始的状态，情感和情绪等不丰富。

④古代阿卡得语写的史诗，是古代美索不达米亚最伟大的文学作品。吉尔伽美什为史诗中的一位英雄。

⑤恩奇杜，吉尔伽美什的朋友与伙伴，是由安努神创造出来的野人。

⑥乔恩·卡巴·金，冥想导师、美国马萨诸塞大学医学院的荣誉医学博士。

⑦弗朗西斯·科·瓦雷拉，智利著名认知科学家。

⑧让·阿努伊，法国剧作家，脍炙人口的作品有《云雀》《上帝的荣光》等。